徳間文庫

廻船料理なには屋

荒波越えて

倉阪鬼一郎

徳間書店

目次

主な登場人物

次平《じへい》　なには屋の主人。父・浪花屋吉兵衛《なにわやきちべえ》の意志を継ぎ、江戸で飯屋を始める。
おさや　次平の妹。
新吉《しんきち》　なには屋の料理人。
おつる　亀吉《かめきち》の妹。「なには屋」を手伝いながら、亀吉の手下を務める。

太平《たへい》　次平の兄。大坂で店を守っている。
おちえ　太平の妻。
吉兵衛《きちべえ》　廻船《かいせん》問屋浪花屋の主人だが、失踪中。
おまつ　吉兵衛の妻。

垣添隼人《かきぞえはやと》　与力《よりき》
松木重三郎《まつきじゅうざぶろう》　隠密廻《おんみつまわ》り同心《どうしん》。
亀吉《かめきち》　元相撲《すもう》取りの十手《じって》持ち。
三五郎《さんごろう》　元相撲取りの魚屋。似面《にづら》描きが得意。

冬扇《とうせん》　按摩《あんま》。
おすが　冬扇の妻。三味線《しゃみせん》弾き。
仁左衛門《にざえもん》　菱垣《ひがき》廻船問屋富田屋《とんだや》のあるじ。なには屋の後ろ盾。
善蔵《ぜんぞう》　醤油《しょうゆ》酢《す》問屋上総屋《かずさや》の隠居。
巳之吉《みのきち》　あきないがたきの東都屋《とうとや》のあるじ。
おくま　巳之吉の女房。
江太郎《えたろう》　巳之吉の息子。
八郎《はちろう》　上方嫌いの魚屋。
和泉屋龍蔵《いずみやりゅうぞう》　木場の材木問屋のあるじ。
大吉《だいきち》　樽《たる》廻船問屋木津屋《きづや》のあるじ。
文挟兵衛《ふばさみひょうえ》　火付盗賊改方長官。
車坂伊賀守柿右衛門《くるまざかいがのかみかきえもん》　南町奉行。お忍びでは「車屋」。

第一章　命のだし

一

「ええ香りがしてきたわ」

おさやが笑顔で言った。

「おいしそうな香りが何よりの引札（広告）ですね」

ずいぶんと上背《うわぜい》のある娘が答える。

昼時だけお運びを手伝ってくれているおつるだ。

「ほな、うちらの呼び込みはいらんさかい、戻りましょか」

なには屋のおかみのおさやが戯《ざ》れ言《ごと》めかして言った。

「せっかく見世《みせ》の前に出てきたんですから」

おつるはまじめに答えると、やにわにいい声を発した。

「上方《かみがた》の味、廻船《かいせん》料理なには屋、昼のお膳が始まりますー」

その声を聞いて、見世から白い鉢巻きをきりりと締めた若い男が鮮やかな銀朱《ぎんしゅ》ののれんを持って現れた。

あるじの次平《じへい》だ。

「今日のお昼は『さんま膳』でっせ。おいしいさんまに、いろいろついてますさかいに」

なには屋のあるじが上方の言葉で言った。

江戸の本八丁堀《ほんはっちょうぼり》の河岸《かし》に近い角になには屋ののれんを出したころは、いくらか遠慮して訛《なま》りは抑えていたのだが、このところは普通に上方言葉で話すようになった。

よそいきではなく、生《き》のままがいちばんだ。

「いろいろ、って端折《はしょ》りすぎやで、お兄ちゃん」

おさやが文句を言った。

次平が兄、おさやが妹。まだ若い兄妹が切り盛りする見世だ。

厨《くりや》はさらに若い新吉《しんきち》が受け持ち、縁あってお運び役をつとめることになったおつるが昼の書き入れ時だけ手伝っている。

「そやな」

次平が笑みを浮かべた。

「大根おろしがたっぷりのさんまの焼き物に、おだしのきいたお味噌汁。それに、椎《しい》茸《たけ》の含め煮と青菜の胡麻《ごま》和《あ》えにお新香《しんこ》……」

おつるが歌うように告げる。

「それから、盛りのええほかほかの炊き立てご飯」

おさやが和す。

「あ、肝心なのを忘れちゃった」

おつるがぺろりと舌を出したとき、通りの向こうから人影が続けざまに現れた。

「おっ、おれらが一番乗りかい」

「いい香りがしてるじゃねえか」

まずは、そろいの印半纏《しるしばんてん》の大工衆だ。このところなじみになって、近くの普請場《ふしんば》から通ってくれている。

「はい、おいしいさんまが入りましたんで」

おさやのほおにえくぼが浮かぶ。

「一番乗りでどうぞ」

次平が掛けたばかりののれんを手で示した。

「おう、入《へえ》るぜ」

棟梁《とうりょう》とおぼしいいなせな男が右手を挙げた。

そこへ声がかかった。

「ここはうめえのかい」

細みの髷《まげ》の男が問う。

もうひと群れは、これまたなりをそろえた植木の職人衆だった。こちらは初めて見る顔だ。

八丁堀といえば町方の与力《よりき》や同心《どうしん》などの役人の町だが、出入りの職人衆は多いし、普請場もある。そもそも、本八丁堀は町場に近い。武家のみならず、町人の客も目立った。

「おいしいですよ、お客さん」

物おじしないおつるがすぐさま言った。

「上方の廻船問屋が江戸に出した出見世みてえなもんだ。ちょいとよそじゃ食えねえ味だぜ」

「初めは慣れねえから舌が驚いたがよ」

「うめえ下《くだ》り醤油《じょうゆ》や下り酒を使ってるから、味に筋が通ってんだ」

ありがたいことに、常連の大工衆が口々に言ってくれた。

「そうかい。なら、入ってみるか」

「ちょうど腹が減ってきたとこで」

植木の職人衆が乗り気で言った。

「では、ご案内しますー」

「ようこその お越しで」

おさやとおつるの声がそろった。

二

「な」「に」「は」と右から順に染め抜かれたのれんをくぐって中に入った初めての客は、厨の前の席を見てたいてい目を瞠《みは》る。

植木の職人衆もそうだった。

「こいつぁ驚いた」

「見世の中に船があるのかよ」

厨の前に席をしつらえ、できたての料理をお出しできるようになっている。それだけならよそにもあるが、なには屋のつくりは尋常ではなかった。

菱垣《ひがき》廻船を模しているのだ。帆柱《ほばしら》こそ立っていないが、美しい菱形《ひしがた》の木組は本物そっくりだ。

「船に乗りこむような按配《あんばい》でどうぞ」

おさやが身ぶりをまじえて言った。

「一段上がりますよってに、気ィつけて」

次平も和す。

「おれら、いつもはそっちなんだが、今日はゆずってやらあ」

「小上がりの座敷も落ち着くからよ」

なじみの大工衆が笑って言った。

「そりゃすまねえな」

「よし、なら乗りこむか」

「船酔いしねえようにしねえと」

植木の職人衆が上機嫌で廻船の席に陣取る。

「では、味の船の帆を上げさせてもらいます」

料理人の新吉が言った。

なには屋を始めたころは人慣れがせず、どこかおどおどしながら料理を出していたものだが、場数を踏むにつれて顔つきが引き締まってきた。

あるじの次平もそうだが、茄子紺《なすこん》の作務衣《さむえ》が似合うようになった。江戸のかまわぬ模様にならって「なには屋」という文字が品よく散らされている。

「味の船か、うめえこと言うじゃねえか」

「こりゃ膳もうまそうだぜ」

職人衆は乗り気で言った。

「いらっしゃいまし。どうぞこちらへ」

次に現れた武家を、おつるは笑顔で座敷の隅へ案内した。

八丁堀だから武家も来る。それを見越して、壁際に刀置きもしつらえた。

そうこうしているうちに、昼の膳が次々にできあがった。

「さんま膳、お待たせいたしましたー」

五尺八寸（約一七五センチ）も上背があるおつるがいい声をあげた。

「お座敷にもお持ちしますので」

おさやも続く。

なには屋の女たちは、そろいの着物をまとっている。「な」「に」「は」「屋」という字を染め抜いた目に立つ山吹色の着物に、のれんと同じ銀朱の帯。赤い南天の実をかたどった簪《かんざし》には銀色の細い短冊がつけられ、動くたびにひらひらと揺れる。

「へえ、お待たせしました、さんま膳だす」

新吉が船べりを模した席に膳を出した。

木目の美しい、檜《ひのき》の一枚板だ。菱垣廻船の顔の一つである垣立《かきたつ》にはおおむね檜が用いられている。それにならって、料理屋の顔の一枚板も檜にした。

その一枚板に、ほかほかと湯気を立てている飯と汁。それに、膳の顔のさんまが置かれた。

「おう、こりゃうまそうだ」

「尾がぴんと張ってるじゃねえか」

「さあ、食ってやらあ」

植木の職人衆がさっそく箸《はし》を取った。

「お醤油をからめた大根おろし、足りなくなったらお申し付けください」

おさやが笑顔で言った。

「おう」

「そうするぜ」

箸が動き、さんまの身がほぐれだす。

元相撲《すもう》取りの三五郎《さんごろう》という魚屋が運んでくれた、とりわけ活《い》きのいい旬のさんまだ。

しかし……。

箸と手が動くにつれて、初めて来た客の顔にいくらか当惑の色が浮かぶようになった。

「この味噌汁、薄かねえか？」

「飯はほわっと炊けててうめえんだがよ」

「なんだか味噌の味がしねえぜ」

植木の職人衆が首をかしげた。

「下だしの味を活かすようにこしらえてますんで」

次平が腰を低くして言った。

「上方の味は、昆布と鰹節《かつおぶし》で引いたおだしが命ですよってに」

おさやもここぞとばかりに言う。

「おれらも初めは『うわ、薄いな』と思ったがよ」

大工の棟梁が助け船を出してくれた。

「味噌をけちってるんじゃねえかとかよ」

「そうそう、こんな水みてえな味噌汁が呑《の》めるかって思ったさ」

ほかの大工衆も言う。

「この味に慣れれば、よその江戸の味噌汁は濃いばっかりで呑めなくなるぞ」

常連の武家まで風を送ってくれた。

「なるほど、そんなもんですかい」

「おれらの修業が足りねえんだ」

植木の職人衆は矛を収め、ほかのものを味わいだした。

だが……。

やはり、いま一つしっくりこない様子だった。

「さんまの身はうまくて、焼き加減もちょうどいいんだがよ」

「大根おろしにからまってる醬油が薄いぜ」

「色もさえねえしよ」

まずそこが腑《ふ》に落ちないようだった。

「うちでは上方の薄口醬油を使わせてもろてます」

客の機嫌を損ねぬよう、やや硬い表情で新吉が告げた。

「薄口かい」

「道理で味が薄いはずだ」

職人の一人がうなずいた。

「色は薄いんですが、塩気は薄口のほうが濃いんですわ」

次平が言った。

「瀬戸内から塩廻船で運ばれてくるええお塩を使わせてもろてます」

おさやが頭を下げると、簪の短冊もふるりと揺れた。

「この椎茸も薄口かい？」

職人衆の一人が笠《かさ》の張ったものを箸でつまんだ。

「含め煮には濃口も使いますけど、よそさんに比べたら薄いと思いますわ」

次平が告げた。

「なら、江戸の甘辛《あまかれ》え味つけの料理は出さねえのかい」

「へい、相済みませんが、上方の味でやらせてもらおと思てます」

なには屋のあるじは重ねて頭を下げた。

「これはこれで乙《おつ》なもんだぜ」

「よそじゃ食えねえしよ」

「こないだ、煮売り屋の煮しめを食ったら、甘辛くって濃すぎてうへえと思ったさ」

なには屋へ引きこんだ手前もあって、大工衆は口々に言った。

「味の好みはそれぞれだからな」

座敷の上座から武家が言う。

「へい、さようで」

「おれらはすっかりなには屋のひいきになっちまって」

大工衆はそう言ってくれたが、植木の職人衆はなおいくらかあいまいな顔つきで箸を動かしていた。

それやこれやで、どの客にも好評というわけにはいかなかったが、なには屋のその日の昼膳は滞りなく終わった。

三

昼が終わると、短い中休みに入る。

手伝いのおつるは片付けが終わったら上がりだ。ただし、長屋へ帰るわけではない。兄の十手《じって》持ち、亀吉《かめきち》の手下として繁華なところを見廻《みまわ》り、巾着切《きんちゃくき》りなどを捕まえたりするつとめが待っている。

元相撲取りの亀吉も頭抜けた長身だから、おつると組になって見廻ると遠くからでも目立つ。おかげで巾着切りはずいぶん減ったというもっぱらの評判だった。

なには屋のほうも二幕目に入る。

上方の味の恵みには数々あるが、廻船で運ばれてくる下り酒も番付の上のほうに載る名物だ。灘《なだ》に伏見《ふしみ》に池田《いけだ》に伊丹《いたみ》。酒どころには事欠かない。江戸は味醂《みりん》に毛の生《は》えたような酒を出す見世も多いが、なには屋は生粋の下り酒しか出さない。うまい酒と肴《さかな》を目当てに、折にふれて通ってくれる常連もだんだんに増えてきた。

その日は両大関とも言うべき二人がのれんをくぐってくれた。

南町奉行所の垣添隼人《かきぞえはやと》与力と、松木重三郎《まつきじゅうざぶろう》同心だ。

火消し、力士と並ぶ江戸の三男《さんおとこ》の一つらしく、いなせな八丁堀髷に黒羽織を小粋にまとった垣添与力と、隠密廻《おんみつまわ》りでいつもやつしの身なりが違う松木同心。どこかでこぼこしたところのある二人だが、上役と下役ながらいたって仲が良く、奉行所では御神酒《おみき》徳利《どっくり》と呼ばれれている。

「お、秋はやっぱりさんまだな」

垣添与力がたっぷり大根おろしをのせた身を食すなり顔をほころばせた。

「素材の味を殺さないのが薄口だからね。これでいいよ」

松木同心も言う。

さきほどから、昼に初めて来た植木の職人衆が味つけにとまどっていたという話をしていた。のれんは出したものの連日の不入りで、さてどうしようかと悩んでいたときに来てくれたのが垣添与力と松木同心だ。それ以来、なにくれと相談に乗ってくれるからありがたいかぎりだった。

「そう言っていただけると、ほっとしますわ」

次平が胸に手をやった。

「もっと濃口醬油や味噌を使《つこ》たら、お客さんが入るのにと思うこともありますけど」

おさやが包み隠さず言った。

「それだと、どこにでもあるただの見世になっちまうぜ」

垣添与力がすぐさま言った。

「はい」

おさやがうなずく。

「志を持って帆を上げた見世だからね。多少の荒波は越えていかないと」

松木同心が温顔《おんがん》で言う。

今日は往診の医者のなりをしている。あまりにもさまになっているから、往来で腹痛の薬を求められたらしい。

「さようですね。何を言われても、『すんません、これが上方の味ですよってに』と頭を下げますわ」

次平が言った。

料理人の新吉もうなずく。

「何か言われて味噌を足したりしたら、命のだしが泣くぜ」

クギを刺すように、垣添与力が言った。

「へい、命のだしを泣かさんようにしますんで」

新吉が力強く答えた。

「大坂の浪花屋《なにわや》の船が運んできてくれた上等の昆布を大事に前の晩からつけて、鰹節と合わせて引いたおだしですよってに」

おさやのまなざしに力がこもった。

「上方のだしは昆布が命だからな」

垣添与力がそう言って、猪口《ちょこ》を口に運んだ。

まだ屋敷で書き物のつとめは残っているが、酒に呑まれることはない。かえって頭が回るとは当人の弁だ。

「はるばる蝦夷地《えぞち》から北前船《きたまえぶね》で運ばれてきた昆布ですさかい」

と、次平。

「まさに、荒波越えてはるばるだな」

与力が酒を呑み干す。

「へえ、そのとおりで」

なには屋のあるじがうなずいた。

蝦夷地の松前《まつまえ》で積みこまれた昆布は、酒田《さかた》や敦賀《つるが》などの港を経て、はるばると下関《しものせき》に到着する。

ここからさらに薩摩《さつま》から琉球《りゅうきゅう》へと長い旅をする昆布もある。沖縄でいまも昆布が多く食されているのはその名残《なごり》だ。

大坂へ至る昆布は瀬戸内を通る。いまは次平とおさやの母のおまつが大おかみとしてにらみを利かせている浪花屋は、瀬戸内に廻船を何隻か持っている。特産の塩がまずもって運ばれるが、北前船から移し替えた昆布もあきないの顔だ。

その昆布が、自前の菱垣廻船の荷の一つとして江戸へ届けられる。江戸には専門の菱垣廻船問屋が何軒かある。浪花屋を受け持っているのは富田屋《とんだや》という問屋だ。菱垣廻船から小船で河岸に運ばれた昆布は、ようやくのことで本八丁堀のなには屋に入る。思えば長い旅路だ。

「人生と同じだね。長く苦労をしてきたからこそ味が出る」

松木同心が温顔で言った。

「昆布にとってみりゃ、苦労じゃねえだろうがよ」

垣添与力がまぜ返す。

「いや、でも、昆布の身になってみりゃ苦労ですよ。そんなに長く船に揺られたら酔ってしまう」

松木同心は軽く身ぶりをまじえて答えた。

「話を聞いてたら、汁を呑みたくなったな。一杯くんな」

与力が厨に声をかける。

二幕目は、料理人の新吉ばかりでなく、おさやと次平も折にふれて厨に入る。酒と料理の支度を手分けしてやれば早いし、客と話をするのもつとめのうちだ。

「つみれ汁もできますが」

おさやが水を向けた。

「おお、いいな。くんな」

「わたしにも」

手が挙がったところで、ふっとのれんが開いて新たな客が入ってきた。

とてしゃん、と三味《しゃみ》の音《ね》が鳴る。

姿を現したのは、按摩《あんま》の冬扇《とうせん》とその女房のおすがだった。

四

菱垣廻船の席には六人座れるが、すでに町方の二人が陣取っている。常連の冬扇とおすがは座敷のほうに座った。

座敷は存外に奥行きがあって、祝いごともできる構えだから、昼時ならいざ知らず、二幕目はわりかたゆっくりできる。

按摩の冬扇は、元は大坂ぐらしだったらしい。武家だったというむかしのことはあまり語りたがらないが、上方の味をなつかしんでよく通ってくれる。

女房のおすがは江戸育ちで、八丁堀の武家の娘に三味線を教えたりして暮らしている。それぞれに本業はあるが、それとはべつに「道楽」として両国橋の西詰などの繁華な場所で甚句《じんく》を披露する。冬扇の美声に合わせておすがが三味線を奏でる名調子はなかなかの評判で、ときにはずいぶんとおひねりが飛ぶこともあった。

「いま、さんまのつみれ汁をおつくりしてるんですが」

おさやが水を向けた。

「おお、いいですね」

冬扇がすぐさま乗ってきた。

「いただきますよ」

おすがも笑みを浮かべて三味線を立てかける。

「こら、あかんで」

次平が三味線に前足を伸ばそうとした猫をたしなめた。

いつのまにかなには屋の飼い猫になったきちという茶白の猫だ。

「はいはい、こっちね」

おすががひょいときちの首根っこをつかんで土間に放した。

ほどなく、つみれ汁ができた。

さんまのすり身に刻んだ葱《ねぎ》、片栗粉、味噌、それに生姜汁《しょうがじる》をまぜてよくすり合わせる。つみればかりではない。銀杏《いちょう》切りの大根と人参《にんじん》、賽《さい》の目切りの木綿豆腐、斜め切りの長葱、色も形もとりどりの具だくさんの汁だ。

命のだしで煮た大根と人参がやわらかくなってきたら、つみれを匙《さじ》ですくって丸めて投じ入れる。火が通ったらていねいにあくをすくい、豆腐と長葱を入れる。控えめに味噌を溶き入れ、仕上げに七味唐辛子を振れば、秋の恵みのつみれ汁の出来上がりだ。

「おお、いつもどおり、いい按配だな」

垣添与力が笑みを浮かべた。

「味噌が下だしを殺していないね」

さきほどの話を継いで、松木同心が言った。

「ありがたく存じます」

厨で新吉が頭を下げた。

町人が相手だとくだけて「おおきに」と言うこともあるが、常連とはいえ武家に向かってはていねいな言葉遣いをしている。

「今日の初めてのお客さんに、汁の味つけが薄いと言われてしまいましてん」

次平が座敷に伝えた。

「わたしは上方の出だから、これくらいでちょうどいいけどね。……ああ、しみる味だ」

冬扇が満足げに言う。

「おすがさんはいかがです？」

おさやが問うた。

「むかしだったら薄いと思ったかもしれないけど、少し遅れてふっとおだしの波が来るから」

三味線弾きが言った。

「なるほど、だしの波か、うめえことを言うな」

と、与力。

「つみれもいい按配にできてるよ」

松木同心が新吉に言った。

「おいしゅうなれ、おいしゅうなれって、気ィ入れてすりましたんで」

若い料理人は身ぶりをまじえて言った。

「その意気だ」

垣添与力が白い歯を見せた。

「こないだ、またのれんを出した東都屋《とうとや》へ行ってみたんですが、あそこの濃いばっかりの汁とは大違いですね」

冬扇が言った。

「ほう、東都屋へ行ったのかい」

松木同心が言った。

「重三郎もうまく身をやつして行ってみたそうだ」

垣添与力が伝えた。

「どうでしたか？　向こうのほうは」

「心を入れ替えたんでしょうか」

次平とおさやがややあいまいな顔つきで問うた。

無理もない。

通りこそ違うが、さほど遠からぬところにのれんを出している東都屋とは因縁浅からぬものがあった。

東都屋のあるじの巳之吉《みのきち》、おかみのおくま、跡取り息子の江太郎《えたろう》、さらに、出入りの魚屋の八郎《はちろう》まで、そろいもそろって大の上方嫌いだった。

そんな飯屋の近くになには屋がのれんを出したものだから、東都屋の面々は目ざわりだとばかりに嫌がらせをするようになった。

ことに、同じ上方嫌いのかわら版屋を使った嫌がらせはたちが悪かったから、町方がお灸《きゅう》を据えた。三月《みつき》のあいだのれんを預かり、心を入れ替えたら返すが、さもなくば江戸所払《ところばら》いから遠島《えんとう》までの沙汰《さた》を下すということになった。

「殊勝なことを言ってるから、まあのれんは返してやったが、二度目のお慈悲はねえからな」

垣添与力の声に力がこもった。

「味は相変わらずで？」

次平が松木同心のほうを見てたずねた。

「煮しめなどはどす黒い色をしていたよ。ただ……」

同心はひと息入れてから、やや腑に落ちない声で続けた。

「どういうつてができたのか、貴重な砂糖を惜しみなく使うようになっていてね。そのせいで、余計に甘辛くなって、下だしの味どころじゃなかった」

松木同心は苦笑いを浮かべた。

だいぶ値は下がってきたとはいえ、砂糖はまだまだ高価な材料だ。いったんのれんを取り上げられた身で、その砂糖を惜しみなく使うようになったのは、たしかに解せない話だった。

「何か後ろ盾でもできたんやろか」

次平が首をひねる。

「また悪いやつとつるんでいたら、町方がまとめて懲らしめてやるから安心しな」

垣添与力が厚い胸をたたいた。

「頼りにしてます」

おさやの簪の短冊がまたふるりと揺れた。

五

「ところで、兄さんのややこはもう生まれたのかい？」

次の肴が出たところで、松木同心がたずねた。

茄子の揚げ煮だ。

ほどよく揚げた茄子を冷たい水に取り、軽くもんで水気を絞ってから煮ると、油っ気が抜けていたって上品な味になる。

醤油はもちろん薄口。それに、命のだしと味醂を加えて味をさっと含ませ、白髪葱《しらがねぎ》と針生姜をあしらう。

「いまかいまかと便りを待ってるんですけど」

おさやが両手を組み合わせた。

「近くで飛脚さんを見るたんびに、うちとちゃうかと思うんですけどな」

次平も言った。

「前の菱垣廻船からは便りがなかったのかい」

与力が問う。

「へえ。まだ身重っちゅう知らせだけで」

「そろそろなんですけどね」

なには屋の二人がいくらかそわそわした様子で答えた。

江戸にのれんを出したなには屋はあくまでも出見世で、本家は大坂の廻船問屋の浪花屋だ。

次平とおさやの兄の太平《たへい》が跡取り息子で、若女房のおちえとのあいだにそろそろ初めてのややこができる。その知らせを待っているのだが、まだ朗報は届いていなかった。

「知らせといえば、こちらさんのほうはまだ？」

冬扇が座敷の壁に貼り出されている紙を指さした。

「そうだすねん」

次平が肩を落とした。

なには屋の壁に貼られていたのは似面《にづら》だった。

元相撲取りの魚屋、三五郎が得意の腕を活かして描いてくれた似面だ。いまの次平と同じように肩を落とした男の顔が真に迫った筆で描き出されている。

その下に、こんな文句が記されていた。

浪花屋吉兵衛《きちべえ》
焼津《やいづ》港よりゆくへ知れず
ごぞんじの方、見かけた方
御礼いたします
本八丁堀中ノ橋ちかく
上方美味処
廻船料理なには屋
迄《まで》

ゆくえ知れずになった吉兵衛は、大坂の廻船問屋浪花屋のあるじで、次平とおさやの父だった。

第二章　松茸づくし

一

江戸で廻船料理屋を始めるという思いつきは、浪花屋吉兵衛のものだった。

もろもろの事情が重なり、このところの菱垣廻船は旗色が悪い。より小回りが利く樽廻船に客を取られてしまい、威風堂々とした垣立と帆を誇る大船はだいぶ数が減ってしまった。

瀬戸内を走る塩廻船を何隻も持っているから、浪花屋はまだしもだが、このままではじりじりと身代《しんだい》が減っていくばかりだ。

そこで思いついたのが、江戸で廻船料理屋を始めるという案だった。

菱垣廻船に昆布や薄口醬油などの上方の食材を載せて運べば、その分の利が出る。

たとえ初めは一軒の見世でも、そこの厨で修業した料理人にのれんを分けてほうぼうに出見世を出していけば、だんだんに増えてやがては千軒の見世になる。

菱垣廻船が大坂から江戸まで首尾よく荷を運べば、むろん大きな利は出る。さりながら、建造に時と金がかかるし、難破の恐れが常につきまとう。ひとたび難破して破船になってしまえば、廻船問屋の身代が傾きかねない。

廻船料理屋の利は微々たるものだが、ひとたび客がつけば細く長くやっていける。怖いのは火事くらいだ。塵《ちり》も積もれば山となる。千軒のなには屋ができれば、その利を合わせると莫大なものになるだろう。その利でまた菱垣廻船や塩廻船を造れば、大きな荷車がいい按配に回る。

人の思いつかないことをやる才覚に恵まれた吉兵衛は、そんな胸算用をしていた。

だが……。

吉兵衛には大きな泣きどころがあった。

追い風に乗っているときは、「それいけ、やれいけ」でどんどん先へ進んでいくが、厳しい向かい風に遭うと存外にもろい性分なのだ。

絵図面どおりにあきないが進まなかったりすると、頭の中がわあっとなって、ついにはおのれがだれかすら分からなくなってしまう。前にも何日かゆくえ知れずになり、安治川《あじがわ》の河岸で知り合いに見つけられたことがあった。

このたびも、折あしく向かい風が吹いた。

吉兵衛を乗せた菱垣廻船が難破してしまったのだ。

二

当時の和船には、さまざまな泣きどころがあった。

大きすぎて破損の危険がつきまとう舵《かじ》、ひとたび破損すると海水が浸入してくる外《そと》艫《ども》。それに加えて、何より致命的なのは取り外しができる甲板だった。

平時には甲板を取り外して荷の積み込みや積み下ろしができるからいたって便利なのだが、いざ時化《しけ》に巻きこまれてしまうと、甲板の水密性がないのは大きな弱点だった。

水が浸入してくると、乗組員が総出で「すっぽん」と呼ばれる汲み上げ道具を用いてかき出し、必死に防いでいた。しかし、それもむなしく水船《みずぶね》になってしまうこともあった。

造船の技術も、船乗りの腕も、前よりは格段に上がっていた。磁石や天測儀の発展も大きな力になった。

だが、それが両刃《もろは》の剣《つるぎ》になった。

以前なら日のあるうちに追い風を待って出航していた船が、横風や夜間でも海へ出るようになったのだ。速く荷が届けば、荷主も喜ぶ。樽廻船とのあきない合戦に負けるわけにはいかない。

そんなわけで、多少の悪天候でも出航することが増えた。時化に巻きこまれ、難破する恐れもそれだけ増えたわけだ。

浪花屋吉兵衛が乗った船がまさにそうだった。

時化に巻きこまれたときは、まず帆を下げて風にあおられないようにする。「つかせ」と呼ばれるこのやり方で碇《いかり》を下ろし、天候が回復するのを待つのだが、そのあいだにも水はどんどん浸入してきた。

もはや、これまで。

刎荷《はねに》しかない。荷を海に投げ捨てて、少しでも吃水《きっすい》を浅くするのだ。

吉兵衛は断腸の思いで刎荷を命じた。廻船問屋にとってみれば、船荷は大事な子のようなものだ。それを捨てるのは、身を切られるようにつらいことだった。

しかし……。

それでも水は容赦なく浸入してきた。

かくなるうえは、最後の手段しかなかった。

菱垣廻船の命とも言うべき帆柱を切り倒すのだ。

帆柱を切り倒せば、風の抵抗を弱め、船を安定させることができる。

それに、助かったときに荷主に対して「ここまで手立てを尽くした」と申し開きをすることができる。

もはやそれしかなかった。このままでは荒波に呑みこまれて沈んでしまう。

船頭は断を下した。

廻船問屋のあるじとて、それに抗《あらが》うことはできなかった。

「堪忍してや。堪忍やで」

帆柱が切り倒されるとき、吉兵衛は泣きながらそう叫んでいたという。

最後の手を打った菱垣廻船は、なお荒波にもまれた末、焼津の近くに座礁した。吉兵衛はからくも助かった。

江戸で廻船料理屋を始め、やがては千軒の見世に育ててかつての羽ぶりを取り戻す。そんな志を抱《いだ》き、大量の食材を積んで大坂から船出した。その夢はもろくもついえてしまった。

もともと逆風に弱い性分の吉兵衛は、腑抜けのようになってしまった。

こうして命だけは助かったのだから、また一からやり直せばいい。

海難の処理に当たった役人は、そう励ました。

しかし、吉兵衛はうつろな表情で、はかばかしい返事をしなかった。

そして……。

その数日後、吉兵衛は姿をくらました。

以来、浪花屋吉兵衛のゆくえは杳《よう》として知れなかった。

三

「お、いい香りがしてきたな」

垣添与力が目を細めた。

「松茸《まつたけ》ですね」

座敷で冬扇が手であおぐしぐさをする。

「へえ、松茸ご飯がもうじき炊けますよってに」

厨から新吉が言った。

「焼くのはうちが」

おさやが二の腕を軽くたたいた。

「なら、それをいただいてから廻り方に戻ることにしよう」

松木同心が笑みを浮かべた。

「おれは書き物だけだから、腰を据えて食ってやるぜ」

与力が言う。

「わたしも」

おすがが、とて、と三味線をつまびいた。

眠っていたきちが、はっとしたように目を開ける。

飼い猫の名は、ゆくえ知れずの父から採った。きちが居着くようになったみたいに、吉兵衛に戻ってきてくれという願いをこめた名だ。

「この香りに誘われて戻ってきてくれへんかな、お父《とお》はん」

半ば独りごちるように、次平が言った。

こちらは天麩羅《てんぷら》の支度だ。二幕目は学びも兼ねて、おさやと次平も厨に立つ。

「丹波《たんば》の松茸の香りは格別だったからね」

上方育ちの冬扇が懐かしそうに言う。

「たしかに、江戸の松茸はちょっとだけ見劣りがするかもしれまへんな」

これから客に出すものだから、「ちょっとだけ」に力をこめて次平が言った。

「丹波のは香りが違うかい」

与力が問う。

「へえ、そらもう、見世じゅうが松茸みたいになります」

おさやが大仰《おおぎょう》なしぐさをまじえたから、なには屋に和気が満ちた。

ほどなく、支度が整った。

まずは、焼き松茸だ。

松茸は馥郁《ふくいく》たる香りが命だ。それを殺《そ》がないように調理するのが何より肝要になる。

間違っても水洗いをしたりしてはいけない。笠の裏の汚れなどは、湿らせた布巾《ふきん》を使ってきれいに落とす。

包丁もなるたけ使わない。松茸ご飯ならいざ知らず、焼き松茸のときは手で裂く。そうすれば、香りを損なわずに料理することができる。

「うめえ、のひと言だな」

まず垣添与力が言った。

「ひと言もいらないくらいです」

松木同心が笑みを浮かべる。

「ちょびっとたらした薄口醬油が、いい仕事をしてますね」

冬扇が言った。

「これはどこのお醬油です？」

おすががたずねた。

「播州《ばんしゅう》の龍野《たつの》です。山のほうの大豆と、赤穂《あこう》の塩、播州平野の小麦。三つええもんが揃《そろ》てますよってに、ええお醬油ができるんですわ」

次平が少し得意げに言った。

お次は、松茸ご飯だ。

これまた薄口醬油と昆布だし、赤穂の塩に下り酒。それに、味醂をごく控えめに入れた上品な味つけだ。三つ葉を散らすとさらに引き立つ。

さらに、お吸い物も出た。

紅葉《もみじ》に見立てた花麩《はなふ》を散らした、目にも鮮やかなお吸い物だ。

「なら、天麩羅に心を残しつつも、廻り方は江戸の町へ……」

松木同心がいくぶんおどけた口調で言って腰を浮かせた。

「おれが食っといてやるから」

垣添与力が白い歯をのぞかせる。

「鶏のもも肉と合わせた焼き物も、お出ししようかと思てたんですが」

次平が言った。

「殺生《せっしょう》なこと言わんとき、お兄ちゃん」

おさやがたしなめる。

「それは次の楽しみにとっておこう。では」

同心は軽く右手を挙げ、船べりの席を後にした。

四

松木同心と入れ替わるように、また二人の常連がのれんをくぐってきた。

菱垣廻船問屋、富田屋のあるじ仁左衛門《にざえもん》と、番頭の富蔵《とみぞう》だった。

大坂から菱垣廻船を送っても、江戸でその荷を小船に積み替えて河岸へ運ばなければあきないにならない。その役目を一手に引き受けているのが、江戸の後ろ盾と言うべき菱垣廻船問屋の富田屋だ。

「ちょうどいいところに来たようですね、旦那さま」

船べりの席に陣取った番頭が、厨をちらりと見て言った。

「おう、天麩羅の音が変わってきたぜ」

与力が仁左衛門のついだ酒を呑み干した。

「天麩羅は音をまず楽しめますからね」

冬扇が言った。

目が不自由だと、ことに音が頼りだ。初めは荒々しかった天麩羅を揚げる音がしだいに穏やかになり、さざ波のごとくに静まってきたら火の通った証《あかし》だ。

「天下泰平の音だな」

与力がうなずく。

「なら、頃合いで」

松茸の天麩羅を受け持った次平が菜箸を使い、しゃっと小気味よく油を切った。

あつあつの松茸の天麩羅ができた。

これは赤穂の塩だけでいただく。まさに口福《こうふく》の味だ。

「あきないの苦労も忘れるね、この味は」

仁左衛門が言った。

「苦労してるのかい」

与力が問う。

「だいぶ前から樽廻船に圧《お》されて、じりじりと俵に詰まってきてますからね」

富田屋のあるじは、相撲にたとえて嘆息した。

「まだまだいけるだろう」

「どうでございましょうか。ま、手前どもは大坂の廻船問屋さんがあってこそのあきないですから」

仁左衛門は次平のほうを手で示した。

「持ちつ持たれつで、今後ともよしなに」

次平は如才《じょさい》なく言った。

松茸づくしの掉尾《とうび》を飾るのは、鶏のもも肉と合わせた焼き物だった。それぞれの食材からじゅわっとうまい汁が出る。その味の違いを楽しめるのがなかなかに乙《おつ》だ。相談を重ねてつくりあげた、なには屋自慢のひと品だった。

「深《ふけ》えな」

垣添与力がうなった。

「かみ味の違いも楽しめます」

番頭の富蔵が笑みを浮かべる。

「江戸と大坂を合わせたような按配だね」

仁左衛門が菱垣廻船問屋のあるじらしいことを口走ったとき、座敷で三味線が鳴った。

松茸旨《うま》や
鶏また旨し
仲を取り持つ
火のつとめ……

冬扇が自慢ののどで甚句を披露した。

「お粗末様でした」

おすががすぐさま三味線を置く。

「おう、粋じゃねえか」

垣添与力が猪口を軽くかざす。

「そういう火のつとめはよろしゅうございますが、火事だけは願い下げで」

仁左衛門が言った。

「まったくですね、旦那さま」

富蔵も和す。

江戸に火事はつきものだ。なかには江戸の華などと言う輩《やから》もいるが、ひとたび大火になれば多くの人が難儀をする。

「火の出ねえ年はねえからな。大火にならなきゃめっけもんで、いくたびも焼け出されちまう者も出る。火の始末だけはくれぐれも気をつけてくんなよ」

与力が厨に向かって言った。

「へい。いくたびも念押しをしてやってますんで」

次平が答えた。

「火の元だけは気を付けてます」

新吉も和す。

「うちが火元になったりしたらえらいことですんで」

おさやも引き締まった表情で言った。

「それなら安心だ」

与力が笑みを浮かべた。

その後もしばらく、火事の話が続いた。

どこそこが焼けたという話は、江戸でよく聞かれる話だ。大火ともなれば、十年くらいは語り草になる。

「うがった見方をするやつは、火除《ひよ》け地をつくったり、道の普請をしたりするために公儀が火付けをやってるんじゃねえかってささやいたりしてるようだが、そこまで腐っちゃいねえぜ」

垣添与力は不服そうに言った。

「そのお話は、車屋《くるまや》さんからもうかがいました」

もみ療治をするしぐさをしながら、冬扇が言った。

「そうかい、車屋の旦那も言ってたかい」

与力はそう言うと、いくぶん目をすがめて猪口の酒を呑み干した。

車屋、とは世を忍ぶ仮の名だ。

その正体は、南町奉行、車坂伊賀守柿右衛門《くるまざかいがのかみかきえもん》だった。

縁あってお忍びでなにには屋に来る車屋は、これまた縁あって、同じ八丁堀に住む冬扇から腰の療治を受けている。八丁堀の与力や同心が屋敷のなかに長屋を建て、医者や按摩や学者などを住まわせる例はわりかた多かった。

「火付けをやらかすやつはいろいろいるが、公儀がやったりしたら世の中おしまいだとおっしゃってました」

冬扇は答えた。

「違《ちげ》えねえ」

と、与力。

「いったいどういう料簡《りょうけん》で火付けなんかやるんやろか」

次平が言った。

「ほんまやな、お兄ちゃん」

おさやがうなずく。

「前に大工《でえく》がおのれの仕事を増やそうと思って火をつけたことがあった。火消しもいたな」

垣添与力が明かす。

「火消しが火付けですって？」

おすがきっとした顔つきになった。

「あれもひでえ話だったな」

与力は顔をしかめて、仁左衛門から注《つ》がれた酒をあおった。

「火事は火消しにとってみりゃ、いちばんの舞台だ。その舞台をてめえでこしらえようとしたのよ。もちろん、捕まってこうなったがな」

いくらか芝居がかったしぐさでおのれの首を手でたたく。

「とんでもない話でございますね」

富田屋のあるじが顔をしかめた。

「うちも気をつけませんと、旦那さま」

富蔵が言う。

「ああ。ただでさえ左前なのに、船に火でもつけられたら終わりだから」

仁左衛門は浮かぬ顔で答えた。

「銭のあるやつは、手下を使って火をつけたりするからな」

与力が言った。

「たとえば、どんなやつです？」

次平が問う。

「いや、そりゃまあ、ただの噂だがよ。火のねえところに煙はたたねえとも言うからよ」

与力は肝心なところは伝えてくれなかった。

松茸づくしのあとも、肴は次々に出た。

まずは、なには屋名物の高野豆腐だ。

大坂ではお高野《こや》さんという呼び名で親しまれている。つくり手によって含め煮の味が微妙に変わるのがこの料理だが、なには屋の高野豆腐は穏やかで後を引く味だというもっぱらの評判だった。

さんまの骨揚げも出た。

「人の骨上《こつあ》げは願い下げだが、こっちの骨揚げは酒が進むぜ」

垣添与力が猪口を重ねる。

「これ、だめよ、きち」

おさやが浮き足立った猫をたしなめた。

「えさはやってるやろ？　お客さんのもんをとったらあかんで」

と、次平。

「お父はんにも困ったもんや」

父の吉兵衛にちなんだ名の猫だから、いつのまにか「お父はん」とも呼ばれるようになってしまった。

「いまごろくしゃみしてるぜ」

与力はそう言うと、ぱりっと揚がった骨揚げを口に運んだ。

「そうだといいんですけど」

おさやがあいまいな顔つきで答えた。

「果報は寝て……気張って働いて待て、だよ」

江戸の後見役が笑顔で言った。

「大坂からややこが生まれたという知らせ、浪花屋の大旦那が見つかったという知らせ、二つが一緒に届くかもしれませんから」

番頭の富蔵も言う。

「いいこと言うじゃねえか。とりあえずは風待ちだな」

垣添与力はそう言うと、船べりの席の菱垣模様をとんと手でたたいた。

「ええ風が吹いてくれるとよろしいんですけどなあ」

と、おさや。

「吹いてくれるで」

半ばはおのれに言い聞かせるように、次平が言った。

風は吹く吹く
西から東

やがて届くよ
良き知らせ……

おすがの三味の音に乗せて、冬扇の甚句が響いた。
ほどなく、その文句の通りになった。
西、すなわち大坂から、良き知らせが届いたのだ。
飛脚が届けてくれた文を開いた次平とおさやは、たちまち満面の笑みになった。
長兄の太平と若女房のおちえとのあいだに、待望のややこが生まれたのだ。

第三章　大坂の誇り

一

「おお、よしよし」

赤子をあやす声が奥の座敷に響いた。

大坂の廻船問屋浪花屋に笑顔の花が咲いていた。頼《たの》みの菱垣廻船が難破して破船になったり、同乗していたあるじの吉兵衛がゆくえ知れずになったり、ろくなことがなかった浪花屋だが、久々に良きことがあった。

跡取り息子の太平と若女房のおちえとのあいだに、ややこが無事生まれたのだ。

「よう気張ったなあ、おちえ」

布団で寝ている女房に向かって、太平が言った。

おちえが笑みを浮かべ、こくりとうなずく。

「なんべんもおんなじこと言うてますで」

太平の母で、浪花屋の大おかみのおまつが言った。

ただし、目は笑っている。

「そやかて、わたしが気張ってもしゃあないさかい」

太平が答えると、大きな仕事を終えたおちえがくすくす笑った。

この様子なら、産後も大過はなさそうだ。

床の間には、破顔一笑した布袋《ほてい》像に加えて、小ぶりな菱垣廻船も置かれていた。先代が名工に頼んでつくってもらったものだ。

先代の若い頃は、まだそれなりに羽振りが良かった。樽廻船が伸《の》してきても、先発のあきないはうちだからという余裕があった。床の間に鎮座する菱垣廻船は、往時の栄光のよすがとなるものだった。

「で、お母はん、この子の名ァですけどな」

まだ慣れない手つきで赤子をあやしながら、太平が言った。

「二人でよう思案して考えなはれ」

浪花屋の大おかみが鷹揚《おうよう》に言った。

「お母はんの思案はよろしいですのん？」

太平が顔色をうかがう。

「あんたらの子ォやないか。わたいの思案はいらんさかいに」

と、おまつ。

「ほな、実はさっきおちえと相談してたんですけどな」

太平はそう前置きした。

「何ぞええ名ァは浮かんだか？」

おまつは穏やかな顔つきで問うた。

「へえ、お父はんが見つかるようにっちゅう願いもこめて、吉兵衛の『吉』の字をもろて、吉之助《きちのすけ》とかどないやろと思て」

太平の案を聞くやいなや、おまつはあいまいな顔つきになった。

「それやと、頼りにならん人になるで」

冷たく突き放すように言う。

「そやけど、帆に風を受けてるときはすいすい事を進めていかはる人なんで」

太平は父の肩を持った。

「そら、追い風やったら、力が出て当たり前だす。向かい風になったとき、どう切り抜けていくかが男の甲斐性《かいしょう》だっせ」

　おまつが言う。

「へえ、そらそうですけど……」

「きついこと言うみたいやけど、吉兵衛はんにはその甲斐性が欠けてるねん。向かい風になったとき、なにくそと歯ァを食いしばってこらえて、押し返していくのが男の甲斐性やおまへんか」

　浪花屋の大おかみは身ぶりをまじえて言った。

「たしかに、お父はんはときどき帆柱がぽきんと折れてまうさかいに」

　太平の声がいくらか弱くなった。

「そんなお人の名ァをつけたら、験《げん》が悪いと思いますで」

　初めはおのれの思案などいらないと鷹揚に言っていたおまつの態度が変わってきた。

「あかんて言うてるで、お祖母《ばあ》ちゃんが」

　手に抱いた赤子に向かって、太平が言った。

「あんたの名ァをつけたらどないです？　『太』か『平』か」

　おまつはそう水を向けた。

「それも案に出てたんやけど」

太平はおちえの顔を見た。

「なら、そのほうがよろし」

おまつがぴしゃりと言った。

「うちは任せますよってに」

おちえが床から言う。

「ほな、考え直してみますわ、お母はん」

大おかみに頭が上がらない太平が引き下がった。

「悪いけど、そうしておくれやす。ええ子に育ってもらわなかなんさかい」

おまつはそう言って、赤子に手を伸ばした。

「おお、よしよし。浪花屋の身代はあんたにかかってるんやで。たんと食べて、大きゆうおなり」

孫には優しい表情で、おまつは告げた。

二

おまつは船大工の家系に生まれた。

菱垣廻船も手がける名工の娘だ。いまも長兄が跡を継ぎ、自慢の腕を振るった船を浪花屋へ納めている。

長兄の太平を筆頭に、なには屋の次平とおさや。あいだに早死にした子もいたから、吉兵衛とのあいだにいくたりもの子をもうけた。

夫婦仲は決して悪いわけではなかった。調子のいいときの吉兵衛は能弁で、人を笑わせることが得手《えて》だった。若いころのおまつはよくころころと笑った。

しかし……。

今回のゆくえ知れずの件が最たるものだが、吉兵衛にはいくたびも苦労をさせられてきた。まぎれもなく才覚はあるのだが、ひとたび向かい風になると帆柱が折れたり、とんでもない向きへ走って行ったりするのだから、周りはひたすら難儀をさせられる。

「日《ひ》の本《もと》一の廻船問屋にするさかい。ええ暮らしさせたるで」

若いころから、吉兵衛は何かにつけてそう言っていたものだ。

その思いが重荷になってしもたんやなあ、とおまつはあらためて思う。

べつに日の本一でなくてもいい。二番でも三番でも、五番でも十番でも、いや、数のうちに入らなくても、どうにか食べていけて、家族が無事でいてくれたら、それにまさるものはない。

吉兵衛には折にふれてそう言っていたのだが、浪花屋のあるじはあまり聞く耳を持たなかった。

樽廻船に負けるのは、浪花屋だけ気張ったところでいかんともしがたいところがある。酒の荷主が樽廻船のほうを使うようになったせいで、菱垣廻船は船を安定させるための下荷の確保に苦労するようになった。水油などの重い荷をどうにかして積みこんでいるあいだに、樽廻船は涼しい顔で江戸へ向けて出帆してしまう。これでは水があくのは当たり前だった。

菱垣廻船の旗色が悪くなってきたため、吉兵衛は途方もない起死回生の案をひねり出してきた。

江戸で廻船料理屋を始め、やがては千軒の見世にする。たとえそれぞれの利は薄くても、千軒の利が積もれば、途方もない富になる。その富を使えば、また菱垣廻船を何隻か建造することができる。昔日の栄華を取り戻すことができる。

吉兵衛はそんな夢のようなことばかり語っていた。

だが……。

その夢はもろくもついえた。

勇躍、江戸へ向かう菱垣廻船に乗りこんだ吉兵衛だが、時化による難破の憂き目に遭ってしまった。菱垣廻船の命とも言うべき帆柱を切り落として漂流し、命からがら焼津の近くにたどり着いた。

命さえあったら、また一からやり直せる。

こんなことで負けへんで。

負けてたまるもんか……。


「なんで、そう思われへんの、吉兵衛はん」

小さな鳥居をくぐり、勧請《かんじょう》した屋敷神を拝んでから、おまつは心の内でまたそう思った。

ふうっ、と一つ太息をつく。

毎日、こうして屋敷神を拝んでいる。そればかりではない。近隣の神社仏閣にはもれなく足を運び、願い事をしている。

大坂の浪花屋と江戸のなには屋。どちらもあきないがうまくいきますように。

吉兵衛が無事な姿で見つかりますように。

孫が無事生まれてきますように。

おさやと次平がそれぞれ良縁に恵まれますように。

もう船が難破しませんように……。

神仏に願いたいことはたんとあった。

「聞いてまっか？　吉兵衛はん」

おまつは声に出して言った。

「ぼろぼろになっててもええさかい、帰ってきてや」

ゆくえ知れずになった吉兵衛に言う。

「帰ってきたら、恵比寿屋《えびすや》のおうどん、またみなで食べに行こ。あんさんの好きな鱧《はも》天《てん》うどんが待ってるさかいに」

ここにはいない浪花屋の大黒柱に向かって、おまつはなおも語りかけた。

恵比寿屋は行きつけのうまいうどん屋だ。こしのあるうどんに、だしの効いたおいしいおつゆ。それに、揚げたての天麩羅。三拍子そろった、浪花屋お気に入りの見世だ。

何かにつけて恵比寿屋の座敷に上がり、吉兵衛の講釈を聞きながらうどんを食べていた。あのささやかな楽しみに、いまは手が届かない。

「次平とおさやが気張ってる、江戸のなにわ屋へも行かんならんのやで。早《は》よ出てきてや、吉兵衛はん」

おまつはさらに言った。

「ほんまに、お願いしますで、神様」

浪花屋の大おかみは、もう一度柏手《かしわで》を打って頭を下げた。

三

赤子の名が決まったのは、それから二日後のことだった。

太平は紙にわざわざ記して、おまつに見せた。

さほどうまくはないが、跡取り息子のまっすぐな性分がよく表れた字は、こう読み取ることができた。

太吉《たきち》

「これは、わたしの名ァから採ったんで」

太平が指さした。

「吉を付けただけっちゅうわけだすか？」

いくらかあいまいな表情で、おまつが訊《き》いた。

「へえ、そのとおりで」

太平は笑みを浮かべ、身を起こせるようになったおちえの顔を見た。

さきほどまでぐずっていた赤子の太吉だが、お乳を呑むと眠くなったらしく、いまは安らかな寝息を立てている。

「まあ、よろしいわ」

おまつはそう言って、ゆっくりと湯呑みを口元に運んだ。

太平とおちえの目と目が合った。

(うまいこといったな)

太平のまなざしはそう告げていた。

おちえがそれと分からぬほどにうなずく。

「吉兵衛はんも、帰ってきたら喜びまっしゃろ」

あれほど「験が悪い」と言っていたのに、おまつはまんざらでもなさそうな口調で言った。

「よし、おまえの名ァが決まったで」

太平は赤子のほうへ手を伸ばした。

「ほれ、お父はんのとこへ行っといで。よしよし」

おちえがあやしながら渡す。

「ええ子や。今度、大日丸《だいにちまる》を見せたるさかいに。いま造ってる船もな」

浪花屋の誇る菱垣廻船の大日丸は、江戸から戻ってきたばかりだった。次の航海まではまだいくらか間がある。

吉兵衛が乗りこんで難破した菱垣廻船は破船になってしまった。ただでさえ樽廻船に圧されている菱垣廻船だ。普通の廻船問屋なら、この大きな痛手であきないじまいになってもいっこうにおかしくないところだった。

しかし、浪花屋は瀬戸内にも航路を持っていた。小回りの利く塩廻船が何隻もある。北前船から移し替えた昆布なども運べる船は、手堅い利を上げていた。

「浪花屋の命運をかけた船やさかいにな」

おまつが言った。

建造の指揮を執っているのは、実の兄だ。腕自慢の船大工を集め、少しずつ船造りを進めている。

「最後の菱垣廻船になるかもしれへんさかい」

赤子をあやしながら、太平が言った。

「そんな験の悪いこと言わんとき」

　おまつがぴしゃりと言った。

「へえ」

　太平がうなずく。

「まあ、これから何隻も持つことはないかもしれんけど、菱垣廻船は浪花の誇りや。なるたけ長いこと続けていかんと」

　大おかみの言葉に力がこもった。

「船の名ァも決めなあきまへんな、お母はん」

　太平が水を向けた。

「今度は吉はあきまへんで。験が悪いさかい」

　おまつはクギを刺した。

「また難破したらかないまへんさかい」

「へえ、ほな、そうします」

　太平が素直に従ったとき、足音が近づいてきた。

　あわただしく姿を現したのは、番頭の忠造《ちゅうぞう》だった。

「おかみはん、えらいことで」

座敷の入《はい》り口に座るなり告げる。

「何ですの？」

おまつが問う。

「木津屋《きづや》はんが、ややこができた祝いを持ってきはったんですわ」

それを聞いて、浪花屋の大おかみの表情がさっと変わった。

四

木津屋は羽振りのいい樽廻船問屋だった。

新綿《にいわた》や新酒《にいざけ》を江戸まで競って運ぶ争いでは、いつも勝ちを競っている。あるじの大《だい》吉《きち》はやり手という評判で、さまざまなあきないの縁を結び、船数も増やして飛ぶ鳥を落とす勢いだった。

その木津屋と浪花屋とのあいだには、深い因縁があった。

初めのうち、両家の関わりは良好だった。

恵比寿講で知り合った木津屋と浪花屋のあるじは、ともに能弁だった。話をしているうち、縁組の話がとんとんと進んだ。

木津屋の跡取り息子の大蔵《だいぞう》と、浪花屋の娘のおさやとの縁組だ。

両家は結納を取り交わし、あとは祝言を挙げて夫婦《めおと》になるばかりという段になった。

だが……。

ここで思わぬ仕儀となった。

木津屋のあるじから、まことに相済まぬことだが、この縁談はなかったことにしてもらえまいかという申し出があったのだ。

わけを聞いてみると、こんな話だった。

跡取り息子の大蔵には、これはと心に決めた娘がいたのだが、親同士が決めた縁談に逆らうことはできなかった。泣く泣くあきらめようとしたのだが、どうしてもあきらめきれないので、どうか縁談をふりだしに戻してほしい。息子にそう泣きつかれたから、このたびの縁談は勝手ながらなかったことにしてはもらえまいか。

木津屋はそうわけを話し、土下座をしてわびた。

あきれた話だが、おさやにとってみればべつに好き合った仲でもなかった。釈然とはしなかったが、浪花屋も同意した。

しかし……。

この話には二幕目があった。

おさやとの縁談が破談になってから三月も経《た》たぬうちに、木津屋の跡取り息子の新たな縁談がまとまったのだ。相手は同じ樽廻船問屋の娘で、木津屋と並び称されるほど羽振りが良かった。

そこの娘と大蔵が好き合っていたのかと思いきや、噂を集めてみると、どうもいろいろといぶかしい点が出てきた。

歳《とし》が離れすぎているし、どうも好き合っていたふしがない。左前になりつつある菱垣廻船問屋より、勢いのある樽廻船問屋と縁組をしたほうがあきないの利になると考えて、あっさり破談にして乗り換えたのではあるまいか。

吉兵衛は烈火のごとくに怒り、木津屋にねじこんだ。

だが、木津屋の大吉はなかなかの役者だった。せがれと向こうの娘とは本当に好き合っていたので、どうかお許しくだされ、ほれこのとおりと涙ながらに土下座を繰り返したから、吉兵衛も引き下がらざるをえなかった。

しかし、怒りは収まらなかった。その後、吉兵衛は事あるごとに「樽のやつらを言《ゆ》わしたらなあかん」と言うようになった。言わす、とは制裁を加える、やっつけるという意味だ。

吉兵衛が「千軒のなには屋」などという奇策をひねり出したのも、元はと言えばこの一件が下地にあった。樽廻船問屋にひと泡吹かせてやるとばかりに、勇んで乗りこんだ菱垣廻船が難破してしまったから、余計に心に傷を負ってしまったのだろう。そう考えると、木津屋は憎き敵《かたき》のごときものだった。

その木津屋が、いけしゃあしゃあとややこができた祝いを持って現れたという。

おまつの表情が変わるのも、むべなるかなだった。

「このたびは、まことにおめでたいことでございます。これはしょうもないもんですが、お収めくださいまし」

手代《てだい》を伴った木津屋のあるじは、満面に笑みをたたえて風呂敷包みを差し出した。

「まあまあ、わざわざお越しくださいまして、ありがたいことで」

浪花屋の大おかみは包みを受け取ったものの、上がってややこの顔を見てくれとは言わなかった。

「跡取りはんがでけたっちゅう話を耳にしたもんで、何はともあれ祝いをさせてもらわなと思て寄せてもろたんですわ」

大吉は目尻にたくさんしわを浮かべて言った。

ただし、瞳までは笑っていない。明らかにつくり笑いだった。

「まあ、気ィ遣《つこ》てもろて、えらいすんまへんなあ」

おまつも笑顔で答えた。

むろん、こちらも目だけは笑っていない。

「うちのせがれにも、来春《らいはる》には子ができますんやわ」

木津屋のあるじはそう明かした。

「そら、よろしおましたなあ。孫を抱くのは格別だっせ」

おまつは身ぶりをまじえて言った。

「いまから楽しみにしてますねん」

大吉が笑う。

「これで木津屋はんも安泰でんな。樽廻船の問屋仲間と縁組して、ややこもできて、あきないもあんじょういって、言うことなしでんがな」

皮肉を交えながらも、おまつも笑顔で告げた。

「うちみたいなあきないは吹けば飛ぶようなもんで。堂々たる菱垣廻船を見るたんびに、うらやましいなあ、うちもあんな船を走らせてみたいなあと思てまんのや」

芝居がかった口調で木津屋が言う。

「まあ、心にもないことを言わはって」

おまつの言葉に険が交じった。

「いや、ほんまのことで。ほな、突然押しかけて、ご無礼いたしました」

潮時と見た木津屋のあるじが頭を下げた。

「まあ、わざわざお越しいただいて、ええもんをいただだいて」

つくり笑いを浮かべたまま、おまつは見送った。

包みの中身は赤飯と鯛の塩焼き、それに、紅白饅頭《まんじゅう》だった。

「毒入ってるかもしれんさかい、食べたらあかんで」

厳しい顔つきになったおまつは、番頭の忠造に言った。

「なんぼなんでも、それはおまへんやろ」

包みを受け取った番頭が言った。

「ほな、お赤飯とお饅頭は丁稚《でっち》どんにやり」

「へえ。鯛はどないしまひょ」

忠造がたずねた。

「そこらの猫にやったり。喜ぶで」

おまつはそう答えると、きっとした顔つきで言い添えた。

「塩撒《ま》いといておくれやっしゃ」

五

それからいくらか経った秋晴れの日――。

安治川の河口の蔵の前に、浪花屋の家族の姿があった。

「ほうれ、太吉、これがうちの蔵やで」

太平がおくるみに入ったわが子を揺する。

丸に花。

それが廻船問屋浪花屋の屋号だ。

「あれがうちの自慢のお船やで」

おまつが菱垣廻船を指さした。

大日丸だ。

「あの船に乗って、江戸へ行くねん。お父《とお》も年が明けたら行くで」

太平が指さした。

「あんたも大《お》っきなったら行くんや」

おまつがうなずく。

「廻船問屋の跡取りさんやさかい」

もうすっかり元気になったおちえが笑顔で言った。

「おまえの叔父ちゃんと叔母ちゃんが、なには屋っちゅう見世をやってるねん。お父はそこへ昆布やら醬油やらを届けたるつもりや。うまいもんも食うてな」

太平が言う。

「くれぐれも、無理せんように言うといてや」

母の顔で、おまつが言った。

「へえ、お母はん。言うときます」

太平はいい声で答えた。

ちょうど浪花屋の蔵が開き、荷積みが始まるところだった。力仕事をする者たちに加え、見守る役どころの男の姿も見える。

そのかしらとおぼしい男が、おまつたちに気づいて頭を下げた。

「どないです？　下荷の積み込みは」

大おかみが声をかけた。

「まあ、ぼちぼちでんな」

「追い追い、埋まっていきまっしゃろ」

いま一つ煮え切らない返事があった。

「あんじょう頼みますで」

おまつが言った。

「わたしも乗りますさかい」

太平が和す。

「しっかりやりますんで」

河岸のほうから声が返ってきた。

赤子が声を発した。

「ばぶ、ばぶ……」

おくるみを大事そうに抱いた太平が覗《のぞ》きこんだ。

「ん？　何や？」

「お乳か？　あとであげるで」

おちえがやさしく言う。

「あんまり風当たったらあかんさかい、お船見ながら帰ろか」

太平が言った。

「そやな。あれが大坂の誇りの菱垣廻船の大日丸や。沖へ出たら帆を上げて、もっときれいなお船になるねんで」

おまつが指さす。

「丸に花。うちの屋号が、ぱっと風を孕《はら》んで、お日さんを受けて、そらもう夢みたいにきれいなんや」

太平が教える。

「小回りが利くだけのあっちの船とは格が違うさかいにな」

おまつがそう言って指さしたのは、樽廻船問屋の木津屋の船だった。呉越同舟ではないが、あきないがたきの樽廻船問屋の蔵も安治川の河口にある。菱垣廻船が下荷の積み込みに苦労しているあいだに、「お先にごめんやっしゃ」とばかりに涼しい顔で出航していく樽廻船を苦々しい思いで見送ることもしばしばだった。

「そや、大坂の誇りの菱垣廻船は、江戸へ夢も載せて行くねん」

わが子をあやしながら、太平が言った。

「吉兵衛はんもそやったんやけどな」

おまつの話がそこへ戻った。

「もっと地に足の着いた夢やで、お母はん」

太平が言った。

「そや、地に足の着いた夢や。吉兵衛はんは空飛ぶみたいに先走ってしもたさかい」

浪花屋の大おかみは、ちょうど飛んでいた白い水鳥を指さした。

「きれいやね、太吉」

おちえが声をかける。

「ばぶ、ばぶ……」

初めて船を見に来た赤子は、機嫌よさそうな声をあげた。

第四章　いわしなんば膳

一

「はいよー、なには屋の昼膳、もうちょっとでなくなるよー」

見世の前でよく通る声が響いた。

「なんでえ、呼び込みかい、親分」

前を通りかかった職人衆から声が飛んだ。

「おう、妹のつらを見がてら、昼を食いに来たんだがよ、今日はことにうめえぜ」

そう告げたのは、おつるの兄の亀吉だった。

町方の御用をつとめる十手持ちで、妹と同じくずいぶんと上背がある。それもそのはず、亀吉はもと相撲取りで、大神亀《だいしんき》という勇ましい四股名《しこな》を誇っていた。

「そうかい、膳の顔は何でえ」

職人が問う。

「甘辛く煮たいわしだがよ。それに、いい按配に葱が合わさってる」

亀吉が答えた。

そのやり取りを聞いて、客の勘定を終えたおさやがさっそく出てきた。

「いわしなんば膳、もうじき売り切れますよってに。お早くどうぞ」

笑顔で告げる。

「べっぴんのおかみに呼びこまれちゃ、入らねえわけにゃいかねえな」

「おう、食ってくぜ」

職人衆がのれんをくぐってくれたのを見て、おつるがすぐさま「おひる、うりきれ」の札を表に出した。今日の昼膳も首尾よく売り切れだ。

「なら、あとで、お兄ちゃん」

おつるが表の亀吉に声をかけた。

「おう、今日も両国橋の西詰かい？」

と、亀吉。

「新たな引札（広告）の刷り物も配るんで」

おつるが答えた。

亀吉の子分として巾着切りなどを見張るかたわら、なにには屋の引札も配らなければならない。昼のお運びを終えても、おつるはなかなかに忙しい。

「よし分かった。先に行ってら」

亀吉は片手を挙げた。

「はいよ。……いわしなんば膳、お待たせしました」

おつるはいい声を発して次の膳を運んだ。

二

「いわしなんば、のなんばってのは何でえ」

客の一人がたずねた。

このところは、ありがたいことに茅場町《かやばちょう》や薬研堀《やげんぼり》のほうからも食べに来てくれる客が増えた。八丁堀とはいえ奥深いところではないから、町人でも足を運びやすい。

「大坂の難波《なんば》から来てるんです」

おさやが答えた。

「難波は葱が有名でしてな」

待ってましたとばかりに、あるじの次平が言った。

「甘みがあって、ぬめっとしたとこがうまいんですわ」

「煮てよし、焼いてよしで」

料理人の新吉も和す。

「なら、こいつぁ大坂の難波の葱かい？」

客が箸でつまむ。

「いや、そら、運べまへんので」

次平があわてて手を振った。

「近場の葱で間に合わせてます。ほんまもん……ちゅうたら、この葱に悪いんですけど、難波の葱はもっと甘みが濃いんですわ」

おさやが言った。

「じゅわっと、あとからええ按配の甘みが口の中に広がりますんや」

次平が指の動きを添えて言う。

「そうかい。本物を食ってみてえな」

「この葱だって、こんなにうめえんだからよ」

「いわしの甘辛煮とよく合ってら」

「つみれ汁もうめえしよ」

見世のほうぼうで笑みの花が咲く。

山《やま》の芋《いも》とすり合わせたいわしのつみれ汁に、青菜のお浸しと椎茸の煮物、それに香の物と盛りのいいほかほかの飯がつく。腹にたまるし、身の養いにもなる、なには屋自慢のいわしなんば膳だ。

「ところで、甘辛く煮るのは江戸だけじゃねえんだな?」

客の一人がたずねた。

「へえ、江戸ほどではないんですけど、味醂を使《つこ》て甘辛《あまかろ》う煮たお料理はありますんで」

おさやが笑顔で答えた。

「いまは秋のいわしですけど、夏のちょうど脂の乗ってきたいわしは……」

次平は料理人のほうを見た。

「新生姜と炊き合わせるんですわ。おんなじ甘辛い煮付けで」

新吉が言葉を補う。

「なるほど。臭みもとれて、風味も増すっていうわけだな」

「それも食ってみてえな」

客たちがさえずる。

「いわしは江戸でも沢山入《ようけ》りますよってに、また夏にも」

おさやが言った。

それを聞いて、勘定場の客がやにわに売り声を発した。

ぁいわしーこい、ぇいわしーこい……

独特の味のある節回しだ。

それを聞いて、負けじとばかりに次平が声をあげた。

手々《てて》かむいわし、どないだー

手々かむいわしやでぇ……

「何でえ、その『手々かむいわし』ってのは」

客の一人がいぶかしげに訊いた。

「手ェのことをお手々って言いまんが」

「おう」

「そのお手々をかむくらい活きのええいわしやっちゅうことで」

次平はそう白い歯を見せた。

「なるほどな。味な売り声じゃねえか」

「味くらべに売り声くらべ、なには屋に来たら学がつくな」

「大《てぇ》した学じゃねえけどよ」

いわしなんば膳を平らげた客たちは上機嫌で言った。

三

「毎度ありがたく存じました」

「またのお越しを」

おさやとおつるが並んで頭を下げた。

いわしなんば膳は好評のうちに売り切れ、滞りなく昼の部が終わった。これからいったん中休みに入る。片付けものと掃除が終わり、二幕目の支度が整ったら、おつるは上がりだ。

二幕目の顔は茸飯《きのこめし》だった。昼にもどうかと相談していたのだが、いささか手が足りない。そこで、茸たちには二幕目まで出番を待ってもらった。

「待たせたなあ。おいしゅう炊けてや」

新吉が釜に向かって言った。

「香りはこないだの松茸に負けるかもしれんけど、味はこっちが上やで」

次平が言う。

「ちょっと味見してから行きたいくらい」

おおむね支度を整えたおつるが笑みを浮かべた。

「なら、お兄ちゃんと一緒に帰りに寄って」

おさやが言う。

「刷り物が余るかもしれないし、できればお客さんも引っ張ってきましょう」

おつるが身ぶりをまじえて答えた。

「おつるちゃんがにこにこと笑《わ》ろたら、なんぼでもお客さん来てくれはるで」

次平が軽口を飛ばした。

「よう言わんわ」

おつるが上方の口調で答えたから、なには屋に笑いがわいた。

そのとき、表で人の気配がした。

「ちょいと間が悪かったかね」

そう言いながら入ってきたのは、南新堀《みなみしんぼり》の醬油酢問屋、上総屋《かずさや》の隠居の善蔵《ぜんぞう》だった。

「あきないの途中に寄ったので」

お付きの手代の丈助《じょうすけ》が白い歯を見せた。

「まあ、ようこそのお越しで。菱垣廻船、貸し切りですので」

おさやが船べりの席を手で示した。

「なら、上がらせてもらうかね」

隠居が先に乗りこんだ。

上背があって容子《ようす》のいい若者が続く。

「では、わたしはこれからつとめと刷り物配りに」

おつるが言った。

「おっ、新たな刷り物かい？」

「はい」

「一枚おくれでないか」

善蔵が手を伸ばした。

「ええ、どうぞ。上総屋のほかの皆さんにもよしなに」

おつるは如才なく言うと、なには屋の面々に目配せをしてから出ていった。

「ほう、文句を変えてみたんだね」

上総屋の隠居がさっそく刷り物に目を落とした。

そこにはこう記されていた。

本八丁堀　河岸から二つ目とほり
上方の味
廻船料理なには屋

な　なにはともあれ
に　にてよし　やいてよし
は　ははの味　ちちの味
や　やつぱりうまい

ひるのおぜんに　極上の下り酒
おまちしてをり□

刷り物の下のほうには、帆に風を孕んだ菱垣廻船が描かれていた。

「なるほど、うまいもんだね」

隠居が笑みを浮かべた。

隠居とはいえ、長年培ってきた顔を活かし、得意先を順々に回って上総屋に風を送っている。足腰はしっかりしているし、まだまだ頼りになる男だ。

「『極上の下り酒』を呑みたくなってきますね、大旦那さま」

丈助が刷り物を指さした。

隠居に付いて回っているだけで、おのずとあきないの学びになる。ゆくゆくは番頭からのれん分けまでと見込まれている末頼もしい若者だ。

「まだ回るところがあるからね。……ま、小徳利一本くらいならいいだろう」

隠居は指を控えめに一本立てた。

「承知いたしました」

おさやが笑顔で答えた。

「もうちょっとしたら茸飯が炊けますよってに」

次平が釜のほうを手で示す。

「それまで、何かおつくりいたしましょか?」

新吉が問うた。

「今日は風が冷たかったから、あったかい汁がいいかね。それから、小さめの干物を焼いてくれたらありがたい」

「へえ、承知しました」

料理人はさっそく手を動かしだした。

「お、干物と聞いて、福猫が動いたぞ」

丈助がきちをひょいとつかみあげた。

「もうだいぶ大《お》っきなったんです」

おさやが言う。

「そうだね。重くなったな、おまえ」

上総屋の手代はきちを持ち上げた。

猫がいくらか迷惑そうな顔つきになったから、隠居が笑みを浮かべる。

「丈助さんは猫好きなん?」

　おさやがたずねた。

　客とはいえ歳が同じくらいで、何度も来てくれているから気心が知れている。おさやの言葉遣いはだいぶくだけてきた。

「猫はわらべのころから飼ってるから」

　丈助が笑みを浮かべる。

「なら、慣れたもんやね」

「そう。……ほれ、ごめんな」

　上総屋の手代はきちを土間に放してやった。

　ほどなく、鰺《あじ》の開きが焼きあがった。

　網に酢を塗ってから、火加減に気をつけて香ばしく焼く。単純な料理ほど厨の腕の見せどころだ。

「ちょうどいい按配だね」

　善蔵が温顔で言った。

「さようでございますね、大旦那さま」

「もうちょっと上手にお食べ。こうするんだ」

隠居がきれいに干物を食べる手本を箸で示した。さすがは年季の入った箸づかいだ。丈助がさっそく真似《まね》る。

そうこうしているうちに、茸飯が炊きあがった。

「お待たせいたしました」

おさやが運ぶ。

「汁もでけますよってに」

次平も笑みを浮かべる。

「ええ具合に炊けました」

新吉は満足げだった。

茸飯の顔は椎茸だが、平茸《ひらたけ》としめじも入っていた。茸というものはふしぎなもので、一種だけ使うより、三種くらいまぜたほうが味の深みが格段に増す。一人より三人のほうが長屋が華やぐようなものだ。

米にはもち米をまぜる。そうすれば、よりほっこりと炊ける。

炊き方にも勘どころがある。まず、茸を煮る。一緒に葱の青いところのぶつ切りも入れる。

水と下り酒と播州の薄口醬油。煮汁はなにには屋自慢の味つけだ。

いったん茸と葱を取り出し、ほどよく味の出た煮汁で米を炊く。そして、頃合いを見てまた具を投じるのが骨法だ。初めからずっと茸を入れて炊いてしまうと、味が出すぎて身がやせてしまう。

もう一つ、こくを出すために細かく刻んだ油揚げを入れる。炊き込み飯には欠かせない名脇役だ。

「うまいね、おさやちゃん。うまいよ」

まず丈助が言った。

うまい、が重なっているから、世辞ではないことが分かる。

「よかった」

おさやが胸に手をやった。

「茸に歯ごたえが残ってて、いい按配だね」

隠居の顔もほころんだ。

汁も出た。

葱の白いところを胡麻油で炒め、豆腐とともに具にする。もちろん、命のだしの効いた味噌控えめの汁だ。

「こりゃあ、そのまま昼の膳になるよ」

手代が箸で示す。

「そやね。あとはお浸しと香の物をつけたら」

次平が乗り気で言った。

「早めに茸飯を炊いといたら、干物焼きにも手が回りますな」

料理人が段取りを思案して言った。

「なら、近々お出しします」

おさやが笑顔で言った。

四

「おれらが目を光らせてるから、仕事もできねえみたいだな」

十手持ちの亀吉が巾着切りとおぼしい男のほうをそれとなく指さした。

「そりゃ、むざむざと捕まりたくはないだろうから」

妹のおつるが声を落として言った。

なかなかに信じがたいことだが、当時の巾着切りはひと目でそれと分かる恰好《かっこう》をしていた。

表は青梅縞《おうめじま》、裏が秩父《ちちぶ》絹の木綿の綿入れで、何も手にしてはいない。黒染めの琥珀《こはく》織の帯を締め、筒長の紺色の足袋《たび》を履いている。履物は雪駄《せった》で、晒《さら》し木綿の白い手拭《てぬぐ》いを肩にかけるか帯にはさむかしていたから、遠くからでも巾着切りだと分かった。

おれは巾着切りでい、というそういったいでたちで繁華な場所を流し、自慢の指で仕事をする。江戸の衆には正体がばれてもよかった。江戸へやってきたお上りさんには事欠かない。獲物はうじゃうじゃいる。それを狙《ねら》えばいい。

当時の巾着切りには組織があり、多くの者が加わっていた。それと分かる恰好をしていたら、同士討ちを避けることができる。

連中が狙うのはお上りさんで、江戸の衆のふところは狙わない。稼いだ金を遊郭や料理屋などですぐ落としてくれるから、江戸の衆もべつに蛇蝎《だかつ》のごとくに嫌ってはいなかった。

盗《と》った銭で太く短く暮らすのが連中の生きざまだ。歳を取った巾着切りはいない。たいていは三十になるやならずやで捕まってお仕置きになってしまう。細く長くまっとうに暮らすという殊勝な料簡は持ち合わせていなかった。

ただし、江戸の衆から黙認されているとはいえ、むろん罪は罪だ。江戸へ来る早々に巾着を盗られたら泣くに泣けない。

そこで、亀吉とおつるのような町方の手先の出番だ。

「なら、おめえは刷り物配りでもやってな」

亀吉が言った。

「あいよ」

おつるはさっそくなには屋の刷り物を取り出した。

「上方の味、本八丁堀のなには屋ですぅ」

いい声を発しながら、道行く者に刷り物を配っていく。

五尺八寸、頭抜けた上背の娘だから、嫌でも目立つ。

「おう、姉ちゃん、でけえな」

「もと相撲取りの妹なんで」

「道理で背が高《たけ》えわけだ。話の種になるぜ」

「お見世にもよしなに」

そんな調子で掛け合いながら刷り物をさばく。

そうこうしているうち、見知った顔が声をかけてきた。

「おう、精が出るな、おつるちゃん」

兄の亀吉の相撲仲間だった魚屋の三五郎《さんごろう》だった。

「ああ、三五郎さん、今日はもう上がり？」

おつるが天秤棒《てんびんぼう》を指さす。

「きれいに売り切れたからよ。またあした、なには屋にうめえ魚をおろしてやるから」

気のいい魚屋が言った。

相撲取りのときの四股名は猫又《ねこまた》で、立ち合いの奇襲の猫だましを得意としていたが、体格に恵まれず取的《とりてき》のまま終わった。似面が得意で、このところは町方の御用もつとめている。

「いわしなんば膳は大好評でしたよ」

おつるが伝える。

「おいらが運んだいわしだからよ」

三五郎は力こぶをつくった。

そこへ亀吉が戻ってきた。

「おう、うめえほうの魚屋じゃねえか」

三五郎の顔を見るなり言う。

「なんでえ、うめえほうってのは」

相撲部屋で同じ釜の飯を食っていた仲間だ。打てば響くように言う。

「東都屋に出入りしてる八郎っていう魚屋がいるだろう」

亀吉がいくぶん声を落として言った。

「上方嫌いの魚屋だな?」

「おう、やつがちょろちょろしてやがった。ま、上方嫌いの連中も次に何かやったら厳しいお沙汰が下るだろうからな」

亀吉は帯に差した十手を軽くたたいた。

「ほんとに、嫌がらせは勘弁してもらいたいわね」

おつるが眉をひそめる。

「うかつには手を出せめえ。安心しててもいいだろうぜ。なら、おいらは長屋へ」

三五郎が右手を挙げた。

「ご苦労さん」

「またあした」

兄と妹の声がそろった。

五

ややあって、あきないがたきの東都屋に魚屋の八郎が姿を現した。

「なには屋のでけえ娘が刷り物を配ってやがったぜ」

上方嫌いの魚屋が顔をしかめて告げた。

「どんな刷り物でえ」

あるじの巳之吉が問う。

「そりゃ分からねえ。そんな汚らわしいものはもらいたかねえからな」

八郎は答えた。

「せっかく丑《うし》の刻参りもしたのに、まだつぶれないのかねえ」

おかみのおくまがさも嫌そうに言った。

表だってなには屋に嫌がらせをするわけにいかないから、丑の刻参りをして藁人《わらにん》形《ぎょう》に五寸釘《くぎ》を打ちこんでいる。いったんのれんを取り上げられ、悔い改めたふりをしてまたあきないを始めたが、殊勝なつらはうわべだけだった。

「ま、そのうち、災いが降りかかってくるだろうよ」

跡取り息子の江太郎が、肚《はら》に一物ありげな表情で言った。

「ふふ、そのうちにな」

そのつれの人相の悪い若者が嫌な笑みを浮かべる。

「和泉屋《いずみや》のほうから何かあるのかい」

おかみが問うた。

「しっ。その名は出さねえでくれよ、おっかさん」

江太郎は唇の前に指を一本立てた。

「分かったよ。でも、おかげで砂糖もたんと入るようになったから」

おくまはにんまりとした。

「上方の出でも、銭をくれるのはいい人だからな」

と江太郎。

「濃口醬油に味醂にその銭で買った砂糖まで足しゃ、江戸ならではの甘辛え味になるぜ」

巳之吉が言う。

「こういう味だな?」

江太郎が箸で焼き豆腐の煮物をつまんだ。

相変わらずどす黒い色をしている。東都屋の煮しめはみなこんな色だ。

「汁もこうじゃなきゃな」

江太郎のつれが味噌汁の椀を口に運んだ。

塩辛い合わせ味噌をこれでもかとばかりに溶いた濃い味だ。下だしの味などまったくしない。

なには屋はお客さんの身の養いも思案して膳を決めているが、東都屋はそういう考えとは無縁だった。醬油を食っているような濃い味つけのおかずに、濃い味噌汁。命を縮めるようなものばかりだ。

「なには屋の汁は、ただの湯みてえなもんだからな」

江太郎が吐き捨てるように言った。

「おう、おれも物は試しと行ってみたんだが、汁が薄いばっかりで呑めたもんじゃなかったぜ」

つれも和す。

「味噌をけちってやがるんで。江戸っ子は、んなしみったれたことはしねえんだ」

東都屋のあるじは胸を張った。

「うちは醬油も砂糖も味噌も、けちけちせずに使うからね」

おかみも言う。

「後ろ盾がついて、金回りも良くなったからよ」

江太郎が嫌な笑みを浮かべた。

「あんたら、しくじるんじゃないよ」

おくまがクギを刺すように言った。

「まかしときな」

跡取り息子が答えた。

「しくじったら、これだからな」

そのつれが、おのれの首を軽くたたいた。

六

同じころ――。

両国橋の西詰では、おつるの配る刷り物の残りが少なくなってきていた。

「上方の味、なには屋ですぅ。どうぞよろしゅうに」

その声を聞いて、通り過ぎようとした一人の男が足を止めた。

どこぞのお店者《たなもの》といういでたちの男だ。

「上方の味だって？」

おつるに声をかける。

「へえ、そうだす」

なには屋の手伝いの娘は、聞き覚えた上方言葉で答え、刷り物をさっと差し出した。

男が受け取る。

「上方と言っても広いけれど、あるじはどこの出だい？」

「へえ、大坂だす」

おつるはそこから言葉の調子を元に戻した。ずっと上方言葉でしゃべりつづけるのはまだ無理だ。

「大坂の廻船問屋の出見世なんです。菱垣廻船で運ばれてきた下り酒や昆布のおだしのお吸い物や、播州の薄口醤油を使ったお料理などをお出ししてますので」

おつるは如才《じょさい》なく言った。

「ほほう」

男は笑みを浮かべて続けた。

「うちの旦那さまが上方の出でね。ことに大坂のおいしいものを好まれるんだ」

「さようですか。では、ぜひお越しくださいまし」

おつるは頭を下げた。

「お越し、か。まあとにかく、まず番頭さんに伝えておこう」

手代とおぼしい男が言った。

「どうかよしなにお願いいたします」

おつるは重ねて一礼した。


両国橋を渡った男は、木場《きば》のほうへ向かった。

ややあって、堂々たる構えの屋敷に着いた。

丸に和。

金箔《きんぱく》まで施《ほどこ》した屋号が日に照り輝いている。

江戸に豪商は数々いるが、そこも番付の上のほうに載る名家だった。

なには屋の刷り物を持ち帰った男が出入りしていたのは、材木問屋の和泉屋だった。

第五章　穴子飯と蒸し寿司

一

和泉屋は人もうらやむ分限者《ぶげんしゃ》だ。

木場《きば》の和泉屋といえば、本所《ほんじょ》深川のみならず、江戸じゅうに名がとどろく材木問屋だった。

あるじの名は龍蔵《りゅうぞう》。その名のとおり上方の和泉の出で、郷里から紀州にかけて、いまや広大な山林を所有している。

江戸には火事がつきものだ。風にあおられて大火になり、あまたの人死にが出て町が失われることも多い。

そのたびに、木材の需要が増える。和泉屋龍蔵は、上方から自前の弁才船《べざいせん》をいち早く出して大量の木材を運び、いったん木場に貯えてから建て直しの現場に送っていた。

火事が出れば、和泉が太る。

巷《ちまた》ではそうささやかれているほどで、あれよあれよと言ううちに、和泉屋は江戸でも指折りの豪商にのし上がった。昨年の暮れにも大きめの火事があり、それを見越していたかのように木材を運んで、濡《ぬ》れ手で粟《あわ》の大もうけをした。

ひそかにささやかれるところによれば、幕閣への賄賂《まいない》も怠りないらしく、和泉屋の身代は盤石だった。丸に和の半被《はっぴ》をまとった者たちは、肩で風を切って往来を歩いていた。

あるじの龍蔵は、初めのうちは腰の低いあきんどだったが、笑い出したくなるほどの富を手にしてからはすっかり人が変わってしまった。贅沢《ぜいたく》を好み、高価な茶器などを惜しみなく購《あがな》うようになった。

女出入りも派手になった。いくたりもの女を抱《かか》え、粋な黒塀の屋敷を与えて通う。和泉屋の富をもってすれば、それくらいの散財など取るに足りなかった。

本宅の構えも贅を凝らしていた。生半可な大名の上屋敷より豪華な造りで、専門の料理人も抱えていた。あるじの龍蔵はすっかり天狗《てんぐ》になり、気に食わない者にはすぐさま暇を与えた。そのせいで、和泉屋には唯々諾々と命《めい》に従う者だけが残っていた。

あきないは信に足る番頭といささか頼りない跡取り息子に任せ、龍蔵は飽食と遊蕩《ゆうとう》の日々を送っていた。

和泉屋にいるときも、よほどのことがなければ表に出て客の相手などはしない。龍蔵がいるのは、黒書院と称せられるあるじ専用の間だ。畏《おそ》れ多くも御城にも同じ名の将軍の居室がある。将軍や大名、それに高僧などが用いる奥向きの書院をあきんどが持っているのだった。

その黒書院には門外不出の裏帳簿が隠されていた。存外に筆まめな龍蔵は、和泉屋が一代で豪商にのし上がったいきさつをそこに事細かに記していた。

平生《へいぜい》は二重に錠のかかった匣《はこ》に収めているから、何人《なんぴと》たりとも繙《ひもと》くことはできない。あるじの龍蔵だけがにやにやと嫌な笑みを浮かべながら読み返すことができる。

もしその裏帳簿を読む者がいたとしたら、だれもが顔をしかめるに違いない。なかにはあまりの内容に反吐《へど》を吐く者までいるかもしれない。

その裏帳簿が入った匣に龍蔵が手を伸ばそうとしたとき、廊下で人の気配がした。姿を現したのは、古参の番頭の重吉《じゅうきち》だった。

「何や？」

龍蔵はうるさそうにたずねた。

「は。お忙しいところ、くだらぬ用向きで失礼いたします」

番頭は先に頭を下げた。

「くだらぬ用なら来るな」

あるじはにべもなく言った。

「相済みません。手下が両国橋の西詰でかようなものを入手いたしまして」

重吉はそう言うと、手妻《てづま》のごとき指づかいであるものを取り出した。

それは、なには屋の引札の刷り物だった。

「ほう、上方の味の廻船料理か……」

刷り物をあらためた龍蔵の声の調子が変わった。

「大坂の廻船問屋、浪花屋が江戸で始めた出見世のようでございます」

番頭が告げる。

「そうか。で、味はどうや。うまいんか？」

和泉屋のあるじは上方訛りを出して口早に問うた。

「刷り物を手に収めただけで、舌だめしをしてきたわけではないようです」

重吉の声音《こわね》がいくらか弱々しくなった。

「ぬるい」

果たして、龍蔵は一言《いちごん》で切って捨てた。

「ちゃんと舌だめしをしてから持ってこい」

あるじは刷り物をびらびらと振った。

「はっ、相済みません。では、出直してまいります」

番頭は平身低頭した。

「おう」

あるじはぞんざいに右手を挙げた。

番頭が刷り物を手にして去ったあと、あるじは秘密の匣を開け、おもむろに裏帳簿を取り出した。

そして、まだほのかに墨の香りがするくだりを、嫌な笑みを浮かべて読み返しはじめた。

二

「お昼は上方名物、瀬戸内名物の穴子飯でっせー」

なには屋の前で、おさやのいい声が響いた。

「たれをつぎ足しながら使《つこ》てます。ええお味でっせー」

次平も負けじと声を張り上げる。

「数にかぎりがあります。お早くどうぞ」

最後におつるが言った。

今日の昼膳の顔は穴子飯だ。

江戸前の穴子のうち、最も美味とされる羽田沖の穴子がふんだんに入ったから、迷わず昼の顔にした。

穴子の産地はほかにも多い。三河《みかわ》湾や仙台湾などでもよく獲れるが、ことに有名なのは瀬戸内の穴子だ。厳島《いつくしま》神社で名がとどろく安芸《あき》の宮島などでは、漁師料理に端を発する穴子飯を出す見世が何軒もある。

大坂の本家浪花屋は塩廻船を何隻も持っているから、瀬戸内の穴子はむかしから慣れ親しんできた食材だった。穴子飯もお手の物だ。

「こりゃうめえな」

珍しく昼に姿を現した垣添与力が笑みを浮かべた。

朝は屋敷で書き物をして、これから奉行所へ行くらしい。

「なには屋自慢の穴子飯ですよってに」

次平が胸を張った。

「飯にもたれがいい按配にしみてるのがいいじゃねえか。穴子もふっくらと焼けてるしよう」

いなせな与力はそう言って、またわしっとうまそうに穴子飯をほおばった。

「これだけでも、なには屋はやってけるぜ」

「盛りもいいしよう」

「汁がまたうめえ」

土間の茣蓙《ござ》の上に陣取った常連の大工衆が言う。

八丁堀の与力や同心の屋敷では、長屋を建てて人を住まわせたりするから、普請仕事には事欠かない。

「ありがたく存じます。穴子飯のたれは、ちょっとずつつぎ足しながら使《つこ》てますよってに」

おさやが笑みを浮かべた。

「こうやって、壺《つぼ》のたれに串に刺した穴子を浸してから焼きまんのや」

新吉が身ぶりをまじえる。

「穴子のうまみが、だんだんにたれに乗っていくわけだな?」

と、与力。

「へえ、そのとおりで。焼けば焼くほど、味が出てきます」

若き料理人が答えた。

「見世ののれんとおんなじだ。たれも大事にしな」

垣添与力が言う。

「へい」

新吉の声に力がこもった。

そんなやり取りを、いくらか離れたところで箸を動かしながら、一人の男がじっと見ていた。

初めて見る顔だ。どこぞのお店者のようにも見えるが、周到に隠しているのか、屋号などは見えない。

穴子飯を口に入れて味わってはうなずき、見世のほうぼうへ目をやる。なには屋の面々の動きに目を走らせては、また思い出したように箸を動かす。何がなしに落ち着かない様子だった。

「二幕目には、もっと凝ったお料理をと思てます」

おさやが与力に告げた。

「ほう、どんな料理だい」

「穴子の蒸し寿司で」

と、おさや。

「焼き穴子と椎茸をまぜた寿司飯の上に、錦糸《きんし》玉子を彩りようのせて蒸しまんのや」

新吉が告げた。

「んなこと言われたら、また食いたくなるじゃねえか」

垣添与力が苦笑いを浮かべた。

「なら、またお越しを」

次平が言う。

「つとめをおっぽり出してくるわけにゃいかねえや。重三郎のつらを見たら、代わりに食ってきなと言っとくぜ」

与力は松木同心の名を出した。

「どうぞよろしゅうに」

おさやの簪の飾りが小気味よく揺れた。

三

垣添与力はちゃんと伝えてくれたらしい、松木同心が二幕目になには屋ののれんをくぐってくれた。

「お、いい香りがするね」

釘売りのなりをした隠密廻りの同心が、そう言って釘箱を置いた。

「ちょうどいま蒸してますよってに」

新吉が蒸籠《せいろ》のほうを手で示した。

「なら、いいときに来たね」

松木同心が笑みを浮かべて腰を下ろしたとき、続けざまにまた客が入ってきた。

穴子づくしの　膳食えず
せめて食いたや　天麩羅を……

冬扇の甚句に、おすがが三味線を小粋に合わせた。

もう一人、客が来た。

驚いたことに、昼の穴子飯を食べに来た初見の客だった。

「いらっしゃいまし。お座敷も空いておりますので」

おさやが手つきを添えて言う。

「ここは刀置きがあるな」

いくらか眉をひそめて、客が指さした。

「お武家様がいらしたら移っていただくこともできますが」

と、おさや。

「それじゃ落ち着かねえ。こっちのほうがいいだろうよ」

客は松木同心が先に陣取った船べりの席を手で示した。

「承知しました。お呑みものはいかがいたしましょう」

すっかり慣れた口調で、おさやが問う。

「うまい下り酒が出ると聞いたが」

「へえ。伊丹に灘に池田、ほうぼうのええ酒が入ってます。辛口とすっきりして呑みやすいの、どっちでもいけますよってに」

次平が如才なく言った。

「なら……両方もらおうか」

客は少し迷ってから答えた。

「呑み比べで」

「そうだな」

客は初めて笑みを浮かべた。

座敷の下座のほうには冬扇とおすがが座った。

「こちらはこれから療治なのでお茶で」

冬扇が右手を挙げる。

「承知しました」

おさやが答える。

「昼過ぎまでは出張じゃなく、長屋で療治をしてたんだが、昼が穴子飯だったと聞いて『しまった』と思ってね」

冬扇が言った。

「穴子はまだまだありますので、蒸し寿司も天麩羅もお召し上がりください」

おさやがそう言って、厨のほうをちらりと見た。

「だいたい一緒にでけますわ」

新吉が告げた。

「天麩羅はわたしが」

次平が腕まくりをする。

「大丈夫？　お兄ちゃん」

おさやが問う。

「なには屋のあるじやさかい、これくらいでけなんだら困るがな」

このところ進んで厨に立つようになった次平が答えた。

ややあって、なには屋に穴子の天麩羅を揚げる音が響きだした。

「なかなかの手際じゃないか」

松木同心が笑みを浮かべる。

「穴子が丸まらんようにせんとあきませんので、松木さま」

次平がすっとまっすぐに穴子を投じ入れるしぐさをした。

「はい、蒸し寿司でけました」

新吉の声が響いた。

「お酒の燗《かん》もつきましたんで」

おさやが徳利と猪口を載せた盆を運んできた。

「これは見た目もいいね」

船べりの席に出た蒸し寿司を見て、松木同心が目を細めた。

「菜の花畑みたいだよ、おまえさん」

目の見えない冬扇に向かって、おすがが告げた。

「ほう、いい香りだ」

冬扇が手であおぐしぐさをした。

ほどなく、天麩羅の音が小さくなってきた。


火が通ってきたぞ……

うまいぞ、うまいぞ……


そうささやくかのような音だ。

「食ってもうまい。穴子が口の中でとろけるようだ」

同心がうなる。

「まさにそのとおりですな」

冬扇が和す。

「酒もうまいな」

辛口の燗酒を呑み干した客が瞬《まばた》きをした。

「後口がすーっとしますやろ？」

次平が訊く。

「そうだな。まずい酒はもたっとした味が口に残るが、これは違う」

客は徳利を爪で弾《はじ》いた。

「自慢の下り酒ですよってに。二本目はもっとすっきりしたのをお出しします」

次平は指を二本立てて言った。

天麩羅が揚がった。

しゃっ、と小気味よく油を切り、姿正しく揚がった穴子の天麩羅を、つゆと薬味を添えて出す。

「おいしい……さくっと揚がってるわ」

おすがが笑みを浮かべた。

「これは口福の味だね」

冬扇もうなずく。

「垣添さまに礼を言っとかないと」

松木同心はそう言うと、穴子の天麩羅をさくっとかんだ。

初見の客も満足げな様子だった。

二本目の徳利はすっきりした呑み口の酒だ。こちらはほのかな甘みがある。

「さすがは下り酒だな」

いくらか赤くなった顔で、客は言った。

「へえ。ほかにもいろいろ取りそろえてますよってに」

次平が如才なく言った。

「冷やもうまいんで」

新吉が和す。

「今後ともよしなに」

おさやが頭を下げた。

「ああ」

男は猪口の酒を呑み干すと、肚に一物ありげな顔つきでこう言った。

「人にも言っておくよ」

四

三日後――。

なには屋は二幕目に入っていた。

昼の膳は「鯛なんば」だった。

小鯛をだしと酒と味醂と薄口醤油であっさりと炊く。炊き合わせるのは葱と椎茸だ。

これに高野豆腐《おこやさん》の小鉢と三河島菜《みかわしまな》の胡麻和え、それに、下だしの味が香る味噌汁に香の物、ほかほかたっぷりの飯がつく。

先だっていわしなんば膳を出したばかりだからどうかと思ったが、客の評判は上々だった。

「わしも釣った魚をさばいたりするが、こういう品のいい味は出せぬな」

「上方の廻船問屋の出見世だけのことはある」

二人の元武家の隠居が感心の面持《おもも》ちで言った。

八丁堀の与力や同心が歳を取ると、多くは跡取り息子に株を譲って隠居の身となる。そういった暇な楽隠居の常連もついてきた。

それやこれやで、昼の膳はわりかた早く売り切れ、なには屋は二幕目に入った。菱垣廻船問屋の富田屋の主従が、大坂の本家の様子を知らせがてらのれんをくぐってくれた。

「大日丸が江戸に着くのは、年明け早々になりそうだね」

あるじの仁左衛門が言った。

「へえ、兄の太平とお母はんからも文が来ました。兄は船に乗って来ると」

次平が伝えた。

「太平さんは子ができたばかりだろう？　離ればなれになって寂しくないのかねえ」

仁左衛門はそう言って、小鯛の天麩羅に箸を伸ばした。

ほかに、肉厚の椎茸、彩り鮮やかな三河島菜と人参のかき揚げ、江戸天麩羅の顔の一つである鱚《きす》。今日のたねには事欠かない。

「子ォができたのはめでたいけど、お父はんがまだゆくえ知れずですさかいなあ」

次平の顔が曇った。

「下田まで船で行って、三島からはお父はんを探しながら東海道を進むって文に書いてありました」

おさやが告げた。

「なるほど。途中で下りるのかい」

富田屋のあるじがうなずく。

「執念を感じますね、旦那さま」

番頭の富蔵が言った。

「早いこと見つかってくれたらええんですけどなあ」

次平が太息をつく。

「大おかみからはどういう文が？」

仁左衛門がたずねた。

「へえ、まっすぐなあきないをせよと」

次平が答える。

「おまつさんらしいね」

富田屋のあるじが笑みを浮かべて、番頭の注いだ酒を呑み干した。

「それから……」

次平はおさやの顔をちらりと見てから続けた。

「わたしやおさやに、縁談はないのか、早《はよ》う身を固めて、太平兄さんに続いて孫の顔を見せておくれやすと」

「はは、それは親心だね」

仁左衛門が言った。

おさやはいくらかあいまいな顔つきをしていた。木津屋の跡取り息子との縁談を破談にされた件については、まったく気にしていないふりをしていたけれども、内実は違った。やはり、心のどこかに負った傷はまだ癒えてはいなかった。

かといって、なには屋のあきないが忙しく、身を固めるどころではない。このままでは大年増になってしまいかねないが、それもやむなしと達観していた。

「うちのあきない筋を通じて縁談をまとめてみてはいかがでしょう、旦那さま」

番頭がそんなことを言い出した。

「なるほど、それも手だね」

富田屋のあるじは乗り気で答えた。

「いや、どうぞお気遣いなく」

次平があわてて右手を挙げた。

「なら、どちらも決まった人がいるのかい？」

兄と妹を見て、仁左衛門が訊いた。

「いや、そんなんおりまへんが」

次平があわてて言った。

「うちも」

おさやのほおが少し赤くなった。

「それなら、あきないのついでと言っちゃ悪いが、それとなく当たってみるよ」

富田屋のあるじがそう言ったとき、表で駕籠《かご》が止まった。

どうやらなには屋目当てに来たらしい。

黒塗りで簾《すだれ》のついた上等の駕籠だ。

棒には金彩で屋号が記されていた。

丸に和。

木場の材木問屋、和泉屋の屋号だった。

五

なには屋ののれんをくぐってきたのは、和泉屋の番頭の重吉と、その手下とおぼしい者だった。

驚いたことに、松造《まつぞう》と名乗ったその男は、先だって昼と二幕目に続けざまになには屋へやってきた男だった。

話を聞くと、得心がいった。松造はひそかになには屋の料理の舌だめしに来ていたのだ。

「手前どものあるじの龍蔵は、上方の和泉の出でしてな。幸い、あきないの運に恵まれ、身代を大きくさせていただきました」

船べりの席に座り、ひとわたりなには屋の凝った造りをほめてから、和泉屋の番頭は言った。

「人もうらやむ身代ですからね」

いくらか離れたところに移った富田屋のあるじが言った。

「恐れ入ります。で、そのあるじはなにぶん上方の出で、食すものも江戸風の味つけより上方の味を好んでいるのですよ」

重吉はそう言って、謎でもかけるようにあるじの次平の顔を見た。

「さようですか。なら、おいしいものをおつくりしますので、どうぞお運びくださいまし」

次平はそう言って頭を下げたが、和泉屋の番頭とその手下は妙な笑みをもらした。

「木場から八丁堀まではいささか遠うございますからな。あるじの龍蔵はあきないで忙しい身で、ここまで駕籠で来たりはできません。そこで、舌だめしもこの松造にやらせた次第で」

重吉は目に嫌な光のある男を手で示した。

「そうしますと……」

次平は助けを求めるようにおさやのほうを見た。

「出前、でございますか？」

おさやはそう察しをつけておずおずとたずねた。

「いや、木場まで出前に行ったら、せっかくの料理が冷めてしまうでしょうな」

和泉屋の番頭は苦笑いを浮かべた。

「なら、出張料理か何かでしょうかね、和泉屋さんのご所望《しょもう》は」

富田屋のあるじが問うた。

「それやと見世のほうが……」

新吉がぽつりと言う。

「その見世をたたんで、和泉屋の厨に入ってもらえまいか、というお話を持ってまいったのですよ、本日は」

重吉はやにわに本丸に入った。

「えっ？」

にわかには呑みこめぬという顔で、次平が目を開いた。

「お見世をたたんで？」

おさやの顔にも驚きの色が浮かんだ。

「そりゃあ、ずいぶんと乱暴な話じゃないか」

仁左衛門が顔色を変えた。

「いくら大きな身代でも、そんな無体《むたい》なことを」

富田屋の番頭も色をなす。

「いや、むろん、御礼はいたします」

和泉屋から来た男があわてて言った。

「手前どもは大きなあきないをしておりますので、料理人ばかりでなく、ほかにもつとめはいろいろございます。それをひっくるめて、積もり積もればこれが買えるくらいの御礼はさせていただきますよ」

重吉は菱垣廻船の垣立に見立てたものを手でたたいた。

「でも、やっと風が吹いて、船が動きはじめたところですので」

おさやがあいまいな顔つきで言った。

「うちは大坂の廻船問屋、浪花屋のたった一つの出見世ですよってに」

次平がややむっとした表情で重吉を見た。

「藪《やぶ》から棒な話で、ご不審はごもっともです」

和泉屋の番頭は頭を下げてから続けた。

「ただ、手前もあるじから用件をことづかって参ったわけですから、それを伝えねば帰るわけにはいきません。ほかならぬ御礼の件なのですが、支度金に二十両、あとは一人頭、年二十両でいかがでしょう。すなわち、初年度は八十両ということになります」

重吉は両の指を開いて八を示した。

「は、八十両？」

次平がまた目をむいた。

十両を盗めば首が飛ぶ時代だ。さすがは豪商と言うべきか、途方もない御礼の額だった。

「さようでございます。その後のことはあるじの肚一つ、すなわち、そちらさまの料理や働きぶりが気に入るか否かによって変わってくるのですが、もし引き続きということになれば、御礼の額はさらに上がっていくことでしょう」

重吉は身ぶりをまじえて言った。

「積もり積もったら、菱垣廻船をつくれるかもしれませんぜ」

松造が言葉を添えた。

このえたいの知れない手下は、どうやら和泉屋のお店者ではないらしい。言葉遣いがいささかぞんざいだった。

「それに、いま見世をたたんでと申し上げましたが、いったんお休みにして、和泉屋で稼いでからまた改めて開くということもできましょう?」

重吉がそう水を向けた。

「わてだけ入らせてもらうっちゅう手ェもありますな」

新吉がそんなことを言いだした。

どうやら心が動いていないくもないらしい。

「そやけど、おまはんがおらんかったら、さすがに昼の膳は無理やで」

次平がすぐさま言った。

「そうそう。せっかくええ按配になってきたのに」

おさやも言う。

「手前どもが後ろ盾になれば、それこそ大船に乗ったようなものでございますよ」

目だけは笑っていない笑みを浮かべて、和泉屋の番頭が言った。

「すぐ決めなくてもいいんだろう？」

少し不快の色を浮かべて、富田屋が問うた。

「もちろんでございます。ただちにここで決められることではございませんから」

和泉屋の番頭は不揃いな歯を見せた。

「なには屋はうちらだけのものではございません。常連さんもおられます。よくよく相談して、お返事したいと存じます」

おさやが言った。

「そやな」

次平がうなずく。

「では、三日ののちにまたうかがうということでよろしゅうございますか？　あるじは気が短いほうで、それくらいしか延ばせないのでございますよ」

重吉は話をまとめにかかった。

「承知しました。そのときにお返事を」

次平が答えた。

「なら、支度金の二十両はお持ちしますので、手前どものところへ入っていただけるのなら、すぐその場で段取りを進めましょう」

和泉屋の番頭はそう言って腰を浮かせた。

松造がいち早く出て、表で待っていた駕籠に告げる。

「では、色よいお返事をお待ちしております」

重吉は最後にそう言って、深々と頭を下げた。

第六章　うづら豆腐と菱垣焼き

一

「小判でつらをはたくような話じゃねえか」

垣添与力が顔をしかめた。

翌日の二幕目だ。松木同心とともにのれんをくぐってくれたので、さっそく和泉屋の件を伝えたところだった。

「たしかに、そうだねえ。ちょいと増上慢《ぞうじょうまん》に陥《おちい》ってるんじゃないのかねえ、和泉屋さんは」

座敷に陣取った上総屋の隠居が言う。

「ちょいとどころじゃありませんよ、大旦那さま」

お付きの丈助が顔をしかめた。

「で、行く気はあるのかい？」

松木同心が次平にたずねた。

「新吉っつぁんは気があるみたいなんですけどなあ」

なには屋のあるじは若い料理人のほうを見た。

「なにぶん、礼金が高《た》こおますからなあ」

厨で手を動かしながら、新吉が乗り気で言う。

「それが小判でつらをはたくような真似って言うんだ」

垣添与力はそう言って、苦そうに猪口の酒を呑み干した。

「おさやちゃんはどうなんだい？」

丈助がそう問うて、栗の渋皮煮を口に運んだ。

渋皮をつけたままじっくりと煮て、二日も味をなじませる。時の助けも得たひと品だ。江戸では手に入らないが、丹波栗だとことにうまい。

「うちは、たとえ貧乏でも、なには屋ののれんを守っていこと思てます」

おさやはきっぱりと言った。

「おう、そりゃいいや」

上総屋の手代は白い歯を見せた。

「せっかく行きつけのいい見世ができたんだからね」

隠居の善蔵も和す。

「そういったご常連さんを大事にしながら、のれんを守っていければとうちは思てるんですけど……」

おさやはそう言って兄のほうを見た。

「あるじは乗り気なのかい」

与力が問うた。

「いや、新吉っつぁんほど気ィが乗ってるわけやのうて、おさやの気持ちもよう分かるんで。ただ……」

なには屋のあるじは言いよどんだ。

「ただ？」

松木同心が先をうながす。

「このまま見世じまいをせえっちゅうことなら断りますけどなあ。いったん和泉屋で稼いで、頃合いを見てまたなにわには屋に戻ったら、お父はんが夢見たように何軒もなにわには屋を開けるんやないかと」

思案投げ首の体《てい》で、次平は言った。

「そやけど、料理屋一本で稼いで、千軒のなには屋にするのがお父はんの夢やったんとちゃうの」

おさやが言い返す。

「そらまあ、そやけど。和泉屋で百両、二百両と稼いでいったら、大坂へ届けて菱垣廻船をつくれるで。樽廻船に圧されて、本家の浪花屋も先細りやさかい」

次平はそんな絵図面を示した。

「そやけど、お母はんは『そんな火事でもうけたような不浄の金は返してきなはれ』って言うと思う」

おさやはおまつの気性を思案して言った。

「ああ、言いかねんな」

次平はあいまいな顔つきになった。

「いま、『不浄の金』という言葉が出たが、和泉屋については何かと噂があってな。車屋の旦那もひそかに目をつけてるようだ」

いくぶん声をひそめて、垣添与力が言った。

車屋の旦那とは、南町奉行の車坂伊賀守柿右衛門のことだ。

「町方が目をつけてるんですか」

　上総屋の隠居が訊いた。

「町方ばかりじゃねえ。ま、その筋としか言えねえが、動きを見張ってるようだ。おれとしちゃあ、あまり関わり合いにならねえほうがいいと思うぜ」

　与力の眼光が鋭くなった。

「濡れ手で粟の何十両より、地道なあきないがいちばんだよ」

　今日は野菜の棒手振《ぼてふ》りに扮《ふん》した松木同心が、さとすように言った。

「地道なあきないがいちばんか」

　次平がうなずいた。

「ほな、わても地道に行かしてもらいます」

　新吉も折れた。

「そやで。そのうづら豆腐みたいに、地道な料理がいちばんや」

　おさやが鍋のほうを指さした。

　今日の昼の膳は「真蒸膳《まむしぜん》」だった。

　大坂では鰻《うなぎ》の蒲焼《かばや》きのことをまむしと呼ぶ。仮名で書くと蛇と間違えられるかもしれないから、「真蒸」と字を当てた。

あとは蒲焼きの香りが客に伝えてくれる。吸い物と香の物をつけ、たれをたっぷりかけた盛りのいい蒲焼きのお重は大好評のうちに売り切れた。

さて、上方と江戸では鰻のさばき方が違う。上方は腹開き、江戸は背開き。上方は頭から尾まで何本か金串を打ち、たれをかけながら地焼きをする。

焼き上がってから落とす頭にもたれがしみているから、捨てるのは忍びない。そこで、焼き豆腐と一緒に煮込む料理が編み出された。こうすれば焼き豆腐に味がしみて乙な肴になる。

鰻の頭、すなわちつらを一緒に煮込むから「う」「づら」豆腐。大坂らしい地口《じぐち》をまじえた料理だ。

時代が下ると、この料理は半助《はんすけ》豆腐と呼ばれるようになる。半助とは五十銭のことだ。一円を円助と呼んだところからその名がついた。たとえ半分、いや、頭だけでも、鰻は鰻だ。

「そやな。あんまり夢見たらあかん」

次平はそう言ってうなずいた。

ほどなく、うづら豆腐ができあがった。さっそく船べりの席と座敷に運ばれる。

「粉山《こなざん》椒《しょう》を振って、頭をしゃぶっていただければと」

もとはまかない料理だったうづら豆腐の食べ方を、次平が手短に指南した。

「なるほど。背開きの江戸じゃ頭を捨てちまうから食えねえ料理だな」

与力が言う。

「味もさることながら、豆腐と嚙《か》み味も違うので、そのあたりも楽しめますね」

「うめえこと言うじゃねえか、重三郎」

与力が笑みを浮かべる。

「なら、きっぱり断ろか」

兄が妹に言った。

「そやね。ただ……まさかとは思うけど」

おさやは案じ顔になった。

「意趣返しか何かかい？」

上総屋の隠居がそれと察して訊いた。

「そんなことしてきたら、おいらが返り討ちにしてやるよ」

丈助が先走りをして言った。

「心配なら、車屋の旦那に伝えとくぜ」

垣添与力がすかさず言った。

「万が一ってこともありますからね」

同心も言う。

なには屋の兄妹は顔を見合わせた。

どちらからともなくうなずく。

「どうかよろしゅうお頼《たの》もうします」

次平が頭を下げた。

「よろしゅうに」

おさやも深々と一礼した。

二

「おいらだったら喜んで行くがよ」

魚屋の三五郎が言った。

翌日の二幕目だ。仕事を終えて天秤棒を長屋に置いてから、三五郎は相撲取りのときの仲間の亀吉とともにふらっとのれんをくぐってくれた。どうやら往来でばったり会ったらしい。

「和泉屋で魚屋をやるのかい」

亀吉が問う。

「あれだけの身代で、あるじは食い物にうるせえんだろう？　魚屋の一人や二人、大枚で抱えたって罰は当たるめえ」

もと猫又の三五郎が乗り気で言う。

「江戸の衆と掛け合いながら、楽しくあきないをやってるほうがいいぜ」

もと大神亀の亀吉は首をひねった。

一緒に動いているおつるは、一応のところ今日は休みで芝居を観にいっている。ただし、巾着切りの悪さに気づいたらすぐ声をあげなければならないから、芝居どころではないかもしれない。

「そうそう。町のあきないがいちばんで」

座敷から明るい声が響いた。

「あんた、和泉屋に雇われたって、何の役にも立たないからね」

そのつれあいがすかさず言った。

なじみのかわら版売りの夫婦、平造《へいぞう》とおやえだ。

「んなことはないさ。毎日毎日、和泉屋のいいことばっかり書いてかわら版を出してやるのよ。そうすりゃ、あるじが喜んで、毎日小判をぱーらぱら」

平造は小判を投げるしぐさをした。

「なんでえ、おめえさんも気があるんじゃねえか」

亀吉がそう言ったから、なには屋に笑いがわいた。

「いや、でも、まじめな話……」

平造は座り直して続けた。

「和泉屋ってのは、ちときな臭《くせ》えところがありまして、まるで千里眼で火事が分かってたみたいに木の買い付けをしたりしてきたんですな、これが」

かわら版屋は噺家《はなしか》めいた口調で言った。

「もし千里眼じゃなかったとしたら……」

おさやがあいまいな顔つきになった。

「あそこはどうも人相の悪い連中が出入りしてるようで。裏で何をやってるか分かりゃしねえんで」

と、平造。

「なら、手下を使って火付けをやらせてるってのかい」

おやえが問う。

「ひょっとしたら、お上《かみ》も一枚かんでるんじゃねえかっていう話だから、こりゃ町のかわら版屋の手に負える話じゃねえや」

平造はお手上げのしぐさをした。

「へえ、かむならこういうやつを」

新吉ができたばかりの料理を示した。

「おう、こりゃうまそうだ」

亀吉が身を乗り出した。

「さすがに二幕目は凝った料理が出るな」

三五郎も言う。

「あわびの菱垣焼きでございます」

おさやが座敷に運んだ。

「みなで菱垣廻船にちなんだ料理をと思案してこしらえたんですわ」

次平が笑みを浮かべた。

塩もみをして汚れを取ったあわびに菱形に細かく切りこみを入れる。そこに味噌を塗りこんで四半刻《しはんとき》（約三十分）ほど味をなじませる。

平たい鍋に油を引き、味噌を拭ってから焼く。両面ともにじゅっと押しつけるように焼くと、いい按配にあわびに火が通る。

これに酒醤油につけておいたほうき茸の網焼きを添える。この付け合わせも勘どころの一つだ。

「なるほど、判じ物が分かったぜ」

亀吉が指を鳴らした。

「菱垣廻船のこの模様が入《へえ》ってるのは分かったがよう」

三五郎が船べりの席を手で軽くたたいた。

「ほうき茸は、これからばっと開く帆みてえじゃねえか」

十手持ちが塩を撒くようなしぐさをした。

「あっ、そう言われてみりゃそうだな」

魚屋がひざを打った。

「ああ、おいしい」

座敷でおやえが顔をほころばせた。

「味噌がいい按配にしみてるし、焼き加減もちょうどいいや。こりゃあ、わびを入れるときに持っていくのにうってつけだな」

平造がにやりと笑った。

「この人、これからしょうもないことを言いますから」

おやえが指さす。

果たして、上方で言えば「しょうもないこと言い」のかわら版屋はこう口走った。

「こりゃあ、ほんのあわび、いや、おわびの気持ちで」

そう言って頭を下げる。

「あきない替えしたほうがいいぜ」

亀吉が半ばあきれたように言った。

「へい、すんません。あわび、いや、おわび申し上げます」

「もういいって、あんた」

おやえがそう言ったから、またなには屋に和気が満ちた。

三

なには屋の面々が知恵を絞った菱垣焼きは、その日の七つ下がり（午後四時過ぎ）にも客に供された。

座敷の上座のほうが三人の武家で埋まった。

一人は垣添隼人与力、もう一人は車坂伊賀守だった。今日はお忍びの車屋ではなく、黒紋付のりゅうとした着こなしだ。

もう一人の武家は初顔だった。眼光が鋭く、ただ者ではなさそうだが、まだ正体は分からない。

和泉屋の申し出を断ったら、意趣返しに遭ってしまうのではないか。

そんな不安をなには屋の面々が抱《いだ》いていることを察し、垣添与力は果断に動いて奉行とともに足を運んでくれたらしい。実にありがたいことだ。

「なかなかの美味だな」

菱垣焼きを味わうなり、南町奉行が言った。

「味のしみた帆をのせて食うと、またうもうござるな」

もう一人の武家がそう言って、注がれた酒を呑み干した。

おさやと次平は、成り行きを見守っていた。いつ声をかけられるか分からないから、いささか気が気でない。

「で、和泉屋からの申し出は断ることに間違いないな？」

菱垣焼きを胃の腑に収めてから、まず垣添与力がたずねた。

「へえ、そうさせてもらいます」

次平がすぐさま答えた。

「みな、異存はないのか」

奉行が問う。

「へえ、地道にやらせてもらおと思てます。このなには屋は、お父はんの夢ですさかいに」

おさやはのれんのほうを指さした。

「悪い夢は見んようにします」

次の肴をつくりながら、新吉が言った。

「悪い夢か。そうかもしれぬな」

もう一人の武家がうなずく。

「で、明日、和泉屋の番頭さんが見えたら、この話はなかったことにしてもらおと思てるんですが……」

次平はあいまいな顔つきになった。

「和泉屋さんには悪そうな人が出入りしてるみたいですし、ちょっと心配で」

おさやの表情も曇った。

「まさかとは思いますけど、火ィでもつけられたら、泣くに泣けんので」

次平が言う。

「まあ、そのあたりもあって文挾《ふばさみ》様にもお越しいただいているわけで」

ちらりと奉行の顔を見ると、与力はもう一人の武家を手で示した。

「そろそろ正体を明かしてもよろしいかな」

車坂伊賀守が問うた。

「明かされる前に名乗ろう」

武家は猪口を置くと、渋い声でこう告げた。

「火付盗賊《ひつけとうぞく》改方《あらためかた》の長官、文挾兵衛《ひょうえ》だ」

四

火付盗賊改方、つづめて火盗《かとう》改《あらため》もしくは火盗と呼ばれる役目は、江戸の民から恐れられていた。

その名のとおり、火付けや盗賊を改めて召し捕る役職だが、怪しい者は長官の役宅に送り、情け容赦ない責め問いを行ったりする。その名を聞いただけでふるえあがる悪党は世に多かった。

町方の縄張りは町人だけだが、火盗改は武士だろうが僧侶だろうが怪しい者はひっ捕らえることができた。逆に捕り違いも多く、町方に比べると世の人気も低かった。

町方が檜舞台だとしたら、火盗改は田舎芝居だと悪《あ》しざまに言う向きもあるほどだ。

町方と火盗改は縄張りが重なるため、これまではなにかと張り合うところがあった。下っ端同士の小競り合いまで起きたほどだ。

そこで、小異を捨てて大同につくために、かしら同士が折にふれて腹を割って語り合い、江戸の暮らしを良くするためにはどうすればいいか、さまざまな案を出す寄合《よりあい》が行われるようになった。

「そもそもは、おれが知恵を出したんだ」

垣添与力がいなせな髷を指さした。

「おう、隼人の知恵でな。兵衛とも近づきになれた」

南町奉行は火付盗賊改方の長官を手で示した。

「町方と火盗改が張り合うのは、悪党をひっ捕らえることにかぎるべきゆえ」

文挾兵衛が言う。

泣く子も黙る「鬼の兵衛」だが、今日はいくらかくつろいだ表情だ。

ここで次の肴が出た。

鴨《かも》と蕪《かぶ》の煮合わせだ。

江戸前の魚ばかりでなく、山のものや川のものなどもだんだんにうまく仕入れられるようになってきた。

鴨もその一つだ。抱き身を平たい鍋で焼いてからそぎ切りにし、下り醤油と下り酒を使ったただしで蕪とともに煮含める。椎茸と小松菜も途中から加えると、華やぎのある煮物の出来上がりだ。

「おう、蕪にも味がしみててうめえな」

垣添与力が笑みを浮かべた。

「天王寺《てんのう》蕪《じかぶら》やったら、もっと甘いんですけどなあ」

次平が残念そうに言った。

「たしかに、あっちのほうがこくがあるな」

つとめで大坂にいたことがある南町奉行が言った。

「地のものがいろいろあるんだな」

文挾兵衛が言う。

「大坂は天王寺、京は聖護《しょうご》院《いん》、ところ変われば蕪も変わりますよってに」

おさやが伝えた。

聖護院蕪は京料理には欠かせない千枚漬の素材だ。

それやこれやで、さらに酒が進んだところで、話は本題に戻った。

「で、和泉屋の件だが……」

南町奉行が座り直した。

「かねてよりきな臭い噂があった。『火事が起きれば和泉がもうかる』と言われているように、江戸で大火が起きるたびに上方から大量の木材を運び、和泉屋は身代を大きくしていった」

車坂伊賀守はいくぶん声を落として言った。

「手下に火付けをやらせてるっていう噂だな？」

火盗改のかしらが少し身を乗り出した。

おさやも次平も、厨の新吉も、かたずを呑んで話に聞き入っている。

「そうだ。むろん、和泉屋だけの考えじゃない。火事でもうけた金を幕閣へ賄賂《まいない》として送り、口止めを頼んでいるという噂が根強かった」

南町奉行は苦々しい顔で言った。

「ようそんなことを。お上もたいがいやで」

次平の顔に怒りの色が浮かぶ。

「これには裏があってな」

車坂伊賀守は続けた。

「お上としても、江戸の町並みを直したいところは多々ある。たとえば、火除《ひよ》け地だ。道幅が広い火除け地がいい按配にできりゃ、それに越したこたぁねえ」

「そこで、和泉屋の手下を使って……」

垣添与力が火打石を打つしぐさをした。

「まあ、ひどい」

おさやが眉根を寄せた。

「ただ、だれとは言えぬが、和泉屋の後ろ盾とささやかれていた幕閣は、このあいだ死んだ。これからは思いどおりにはいくめえ」

南町奉行の声に力がこもった。

「次に尻尾《しっぽ》を出したときが狙い目だな」

文挾兵衛の眼光がさらに鋭くなった。

「そのとおり。もはや後ろ盾はおらぬゆえ」

車坂伊賀守はにやりと笑って猪口の酒を呑み干した。

「では、段取りはいかがいたしましょう」

垣添与力が問うた。

「和泉屋からの申し出を邪険に断れば、意趣返しに踏み切るかもしれぬ。いまは亡き幕閣とは、次にどのあたりの町を焼くか、いろいろと相談をしていたはずだ。もしこのあたりがそこに入っていれば、すでにお上のお墨付きは得ているという追い風めいたものになるだろう」

奉行は読み筋を示した。

「では、うちで網を張ろう」

火付盗賊改方の長官が言った。

おさやと次平の目と目が合う。ほっとしたような顔つきだ。

「わが火盗改は悪人を捕縛し、責め問いにはかけるが、刑罰に関してはたたきの刑くらいで、それより重いものについてはご老中《ろうじゅう》の裁断を仰ぐのが決まりとなっている。さりながら……」

文挾兵衛はそこで苦そうに酒を干した。

「いままでは不可解な減刑があったりしただろう?」

南町奉行が問う。

「いかにも。ほかならぬ老中が火付けの黒幕だったとしたら、平仄《ひょうそく》がぴたりと合う」

火盗改のかしらがうなずく。

「そういった民を民とも思わぬ政《まつりごと》は終わりにすべきです」

垣添与力がきっぱりと言った。

「このたびは良い機会かもしれぬな」

車坂伊賀守が腕組みをした。

「和泉屋もこれまでさんざん悪銭でいい暮らしをしてきたのだから、ここらで年貢を納めてもらおう」

文挟兵衛はそう言って渋く笑った。

「では、心安んじて断ってくれ」

腕組みを解いて、南町奉行が言った。

「承知しました」

次平が頭を下げた。

「きっぱりと断らせてもらいます」

引き締まった顔つきで、おさやも答えた。

五

翌日の昼は、茸の炊き込みご飯の膳にした。

椎茸に平茸にしめじ、例によって三種の茸を用い、油揚げと牛蒡《ごぼう》とともに炊き込む。わずかにまじったお焦げが香ばしい炊き込みご飯に、大ぶりの二尾の海老天《えびてん》とだし香る豆腐と葱の味噌汁がつく。

江戸の赤黒い天麩羅と違って、上方はあっさりとした白い衣《ころも》だ。ぷりぷりっとした海老の身がさらに引き立つ上品な揚げ具合で、炊き込みご飯ともども、客の評判は上々だった。

昼の膳が終わっても、おつるには居残ってもらった。兄の十手持ちの亀吉、それに、松木同心も姿を現した。和泉屋の使いが無体なことを言いだしたら、にらみを利かせるために陣を敷いたのだ。

そのうち、話を聞いた富田屋のあるじの仁左衛門と、番頭の富蔵も姿を現した。江戸の後ろ盾として、菱垣廻船問屋のあるじから何か言わねばならないかもしれない。

今日は紋付に威儀を正していた。

「積もり積もったら菱垣廻船をつくれるって言うてましたけど、一隻どれくらいかかるんです?」

厨から新吉が問うた。

「普通の弁才船なら、五百石積でおおよそ五百両、千石なら千両くらいだがね」

仁左衛門が答えた。

「うちみたいな菱垣廻船は、頑丈にせんとあかんさかい、ええ道具と木ィを使わなあかん。船大工はんらの手間賃もかかるさかい、おおかた二割増しやな」

次平が言った。

「そんなにしますのん」

新吉が目をむく。

「そりゃあ、ほまれの船だからね、高くつくよ」

富田屋のあるじが笑みを浮かべた。

「初年度に八十両なら、たしかに十年あまりで千石船を買える勘定になるがね」

今日は植木職人のいでたちの松木同心が言った。

「それは大坂の本家に任しときまひょ」

次平が言う。

「うちはただの料理屋ですさかいに」

おさやも和す。

「その『ただの料理』です」

新吉が船べりの席に肴を出した。

「まだ熱《あつ》おますよってに、やけどせんように気ィつけておくれやす」

料理人がそう言って出したのは、茶碗蒸しだった。

小海老に椎茸に銀杏《ぎんなん》に長芋。彩りに花麩とゆでた小松菜を散らした上品なひと品だ。

「ただの料理にしちゃあ、凝ってるね……うん、うまい」

「おいしゅうございますね」

富田屋の主従が顔をほころばせたのは束《つか》の間だった。

表に駕籠の気配がした。

和泉屋の使いが到着したのだ。

六

「支度金の二十両はお持ちいたしましたので」

座敷に腰を下ろすなり、和泉屋の番頭は紫の袱紗《ふくさ》に包んだものを取り出した。いくらか離れたところには、人相の悪い松造も控えている。

「そのお話ですが……」

茶を出してから、おさやは切り出した。

「きっぱりと断らせてもらいますので」

次平がはっきりした口調で告げた。

「ほう」

番頭の重吉はひと声答え、茶をゆっくりと啜《すす》った。

なには屋のなかが妙にしんとなった。

「もったいねえ話じゃねえか」

松造が苦笑いを浮かべて言った。

「和泉屋の世話になりゃ、左うちわもいいとこだぜ」

と、手であおぐしぐさをする。

「悪い夢は見んようにしたんですわ」

次平が告げた。

「料理屋として、地道なあきないを続けていくという話でね」

富田屋のあるじが風を送る。

「それだと、手前どもが地道なあきないじゃないみたいですが」

重吉は苦笑いを浮かべた。

「とかくの噂を聞くものでね」

松木同心が耳に手をやる。

「そうですねん」

次平がここぞとばかりに言った。

「江戸で火事があるたんびに和泉屋はんがもうける。そんな人の不幸を踏み台にして貯えた小判なんぞ、もらいとうあらしませんねん」

次平は一気に言うと、妹の顔を見た。

「なには屋は、一膳四十文くらいのきれいなあきないで、これからも地道にやらせてもらいます」

目に力をこめて、おさやは言った。

「手前どものあきないは汚いとでも？　とんだ言いがかりだね」

和泉屋の番頭の顔に朱が差した。

「んなことを言っていいのかよ。あとで悔やむことになるぜ」

松造が嫌な顔つきになった。

「どう悔やむんだい？」

松木同心がすかさず問うた。

「ふん」

目つきの悪い男は鼻を鳴らしただけだった。

「なら、ここにいても仕方がありませんな」

番頭はさっさと袱紗をしまって立ち上がった。

「お邪魔をいたしました」

重吉は軽く見下すように頭を下げた。

「邪魔したな。二度と来るこたぁねえだろうよ」

松造が捨てぜりふを吐く。

「あるじがどう言いますかな。楽しみですな」

最後にそう言い残すと、和泉屋の番頭は手下とともになには屋から出ていった。

「あ、そや」

和泉屋の使いの駕籠が遠ざかったあと、おさやがやにわに手を打ち合わせた。

「何や？」

次平が問う。

「お母はんなら、こうすると思て」

おさやはそう言うと、厨に入って塩壺に歩み寄った。

浄《きよ》めの塩を撒くのだ。

「二度と来んように、沢山《ようけ》撒いとけ」

次平が言った。

「うん」

おさやは短く答えると、入り口まで進み、勢いよく塩を撒いた。

第七章　秋の吹き寄せ

一

「ほほう」

和泉屋の龍蔵は、煙管《キセル》の雁首《がんくび》を青磁の火鉢にかんと打ちつけた。

「上方出の料理屋の分際で、忌々しいことでございます」

番頭の重吉が唇をゆがめた。

「わいも上方の出やで」

和泉屋のあるじが不愉快そうに言った。

「はっ、相済みません」

重吉はすぐさま頭を下げた。

あるじの不興を買って和泉屋を暇になった者は一人や二人ではない。まずは謝るのが常道だ。

「おのれはきれいなあきないで、わいは汚いあきないか。よう言うてくれたな」

龍蔵の声に怒気がこもる。

「大した度胸でございますな」

番頭が言った。

「江戸で大火が起きれば、和泉が太る」

和泉屋のあるじは唄うように言うと、ぽんと一つ腹をたたいた。

「巷ではそう言われておりますが」

と、番頭。

「そら、当たり前や。わいの手下が火ィつけてるんやさかい」

龍蔵はさらりと言った。

重吉が追従《ついしょう》の笑みを浮かべる。

和泉屋のあるじはまた煙管をくわえた。そして、ゆっくりと紫煙を吐き出してから言った。

「わいは江戸のためにもやってるんや。きれいなあきないをしてるつもりのやつらには分からんやろけどな」

「いまは亡きご老中のご意向でございましたからな」

番頭が言った。

「そのとおりや。わいの手下が火ィをつけるたんびに、古いごちゃごちゃした町は焼かれてのうなって、きれいな町に生まれ変わっていったんや。道幅は広うなり、和泉屋の木ィで立派な家がなんぼも建った。江戸がいまあるのは、わいのおかげやで」

材木問屋のあるじは、いけしゃあしゃあとそう口走った。

「江戸の大明神でございますな、旦那さまは」

番頭が歯の浮くような世辞を言う。

「で、ご老中亡きあとも、わいらは江戸のために働かなあかん」

「江戸のために、ですな」

「そや。手下に手間賃も出さなあかんさかい、木ィを売って稼がなあかんのや」

龍蔵はわざと眉間にしわを寄せてみせた。

「次はどこへ火をつけましょう」

番頭がそう切り出した。

「ぐふふ……」

嫌な笑いをもらすと、和泉屋のあるじはまた紫煙を吐いた。

「八丁堀、ことに本八丁堀の界隈《かいわい》は、しばらく火ィが出てへんかったな」

龍蔵はそう言って、いくらか身を乗り出した。

「なるほど」

重吉が大仰にひざを打つ。

「江戸の町の立て直しですな、旦那さま」

「そや」

あるじはすぐさま答えた。

「きれいなあきないをしてる料理屋はんには、生まれ変わったきれいな町にのれんを出してもらいたいやないか」

龍蔵は何とも言えない顔つきで言った。

「まったくでございますな。では、駒を動かしましょうか」

番頭は将棋を指すしぐさをした。

「おう。木ィのほうはわいが按配するさかい。やったれやったれ」

和泉屋のあるじはうちわであおぐようなしぐさをした。

「承知いたしました」

重吉は一礼した。

「こら、楽しみや」

龍蔵はまた煙管の雁首を火鉢に打ちつけた。

贅を凝らした和泉屋の黒書院に、甲高《かんだか》い音が響いた。

二

「なには屋には列ができてやがったな」

東都屋ののれんをくぐるなり、魚屋の八郎が吐き捨てるように言った。

「なんでえ、気の悪い話を」

あるじの巳之吉が顔をしかめる。

「あっちはどんな膳を出してるんだい？」

おかみのおくまが問うた。

「天麩羅付きのうどんみてえだ」

出入りの魚屋が答えた。

「なら、似たようなもんじゃねえか」

跡取り息子の江太郎が言った。

昼時というのに、東都屋の客はほとんどいなかった。江太郎のつれが天丼を食っているだけだ。

「うちの天麩羅と一緒にしてもらっちゃ困るぜ」

巳之吉が言った。

「おう。あっちの上方の天麩羅は色が生っ白《ちろ》くてよう。ろくに火も通ってねえんだぜ」

と、八郎。

「天麩羅はこういう色じゃねえとな」

人相の悪い男が、赤黒い衣の海老天をつまみあげた。

「天麩羅だけじゃねえ。味噌汁は湯みてえで呑めねえし、うどんのつゆは薄くて丼の底が透けて見えるんだ」

江太郎がさも嫌そうに言った。

「よくそんなしみったれたあきないができるねえ」

おくまが鼻を鳴らした。

東都屋はなにには屋とはまったく逆で、味噌汁はむやみに濃くて塩辛く、麵のつゆは墨汁を溶いたような色をしている。煮物も椎茸と人参の区別がつかないほど黒い。毎日食べていたら、間違いなく寿命を縮めそうな味つけだ。

「あ、いらっしゃい」

巳之吉の声が響いた。

東都屋ののれんをくぐってきたのは、和泉屋に出入りしている松造だった。

「おう、江太郎に寅吉《とらきち》、ちょいと折り入って話があるんで顔を貸してくんな」

有無を言わせぬ口調で、松造は言った。

「ここじゃ駄目なのかい、松の兄ィ」

江太郎が問う。

「いつ客が入ってくるか分からねえじゃねえか。鰻屋の座敷でどうだ」

松造が答えた。

「いま天丼を食ったばかりなんだが」

寅吉が丼を指さす。

「なら、おめえは食わなくていいや。ちょいとせがれを借りてくぜ」

松造はあるじに向かって言った。

「おう、何か企《たくら》みごとかい？」

巳之吉がたずねる。

和泉屋の番頭の手下は、謎をかけるようにこう答えた。

「また砂糖をたんまり使えるぜ」

三

茅場町の鰻屋――。

その人目につかない奥座敷に、三人の男が陣取った。

知り合ったのは賭場《とば》だ。東都屋ののれんを三月《みつき》のあいだ取り上げられていたときも、上方ぎらいの跡取り息子は殊勝にしてはいなかった。あわよくば大金をもうけようと、せっせと賭場に通っていた。

それに目をつけたのが松造だった。和泉屋の息のかかった男が探していたのは、金のためなら火付けでもやるようなやつだった。

釣り針を出してみると、果たして江太郎は餌に飛びついてきた。

あとは胆力があるかどうかだ。いざとなったらおじけづいたりするようでは使えない。

和泉屋の番頭からの命《めい》を受け、松造は江太郎を試してみた。火付けをやらせてみたのだ。

風向きで大火にはならなかったが、首尾は上々だった。江太郎は組になった寅吉とともに悪事を平然とやってのけた。

こいつは、使える。

松造は番頭にそう伝えた。

のれんを三月も取り上げられ、あきないじまいもささやかれていた東都屋が息を吹き返し、貴重な砂糖をふんだんに使えるようになった裏には、そんなからくりがあった。

「おめえは食わねえんじゃなかったのかい」

松造が寅吉に言った。

「いや、蒲焼きは別腹なんで」

寅吉が答える。

「上方のは硬くて食えねえがよ。江戸は蒸してからたれをかけて焼くんで」

江太郎が言った。

ややあって、蒲焼きと肝吸いが運ばれてきた。

和泉屋から金が出ているから、松竹梅の松だ。脂ののったうまい鰻を食べながら、ひとしきり声をひそめた話が続いた。

「で、いつやるんです？　松の兄ィ」

江太郎がたずねた。

今日明日にでもやりかねない勢いだ。

「こっちの段取りもあるからな。まあ急《せ》くな」

和泉屋の番頭の手下が答える。

「へい」

「段取りって言うと、ほかにも助《すけ》っ人《と》が来るんですかい」

寅吉が言う。

「火付けがいくたりもいても怪しまれるだけだろう。うちの木のほうの段取りだ」

と、松造。

「ああ、なるほど」

江太郎のつれがうなずく。

「うめえ具合に大火になったら、木がたんと要《い》らあな。そこんとこを、旦那と番頭さんらが段取りを思案するんで」

松造が言った。

「なら、風向きも考えねえと」

江太郎が手のひらにこぶしを軽く打ちつけた。

「おう。なるたけ江戸じゅうに広がるようにしねえとな」

松造は嫌な笑みを浮かべた。

「いや、ちいとばかし注文が」

江太郎がふと気づいたように右手を挙げた。

「何でえ」

と、松造。

「なには屋を焼いた火が風にあおられて、東都屋まで焼けちまったら元も子もねえんで」

ごくつぶしの跡取り息子が言った。

「和泉屋がきれいに建て直してくれるぜ」

息のかかっている男が言う。

「いや、でも、逃げ遅れておとうやおっかあが死んじまったら後生が悪い」

江太郎は首を横に振った。

「まあ、そりゃそうだな」

松造はそう言って猪口の酒を呑み干した。

「なら、東都屋へ火が行かねえような晩を選んでやりますかい」

寅吉が指を鳴らした。

「おう、幾日か後にな。すぐ動けるよう気構えをしといてくんな」

和泉屋の息のかかった男がにらみを利かせた。

「おう」

「合点《がってん》で」

悪相の男たちの声がそろった。

四

「このところ怪しい一見《いちげん》の客は来てねえかい」

なには屋の小上がりの座敷に腹ばいになった男がたずねた。

お忍びの車屋だ。

今日は南町奉行ではなく、どこかの浪人のようないでたちで世を欺いている。

「お昼どきには初顔のお客さんも見えますけど」

おさやが小首をかしげた。

「そういう日ェで見ると、和泉屋の意趣返しの下調べに来たように見えたりしますけどなあ」

次平があいまいな顔つきで言った。

「まあ、兵衛に手を打ってもらったから、どんと構えてな」

お忍びの奉行は、火付盗賊改方のかしらの名をさりげなく出した。

近くの長屋に手下を泊まらせ、いざという時に備えている。なには屋には呼子《よぶこ》も渡されていた。

「いや、でも、いつ火付けが来るかと思ったら、気が気じゃないでしょう」

奉行の腰を両手で強くもみながら、冬扇が言った。

今日はなには屋の座敷で療治だ。冬扇のもみ療治を受けるようになってから、腰の按配はだんだんに良くなってきたらしい。

「ま、おれらも見廻ってるんで」

「水桶《みずおけ》も用立ててきたしよ」

船べりの席に陣取った火消し衆が言った。

そろいの半被の背には「百」と染め抜かれている。ここいらを縄張りとしている百組の火消し衆だ。

「ほんに、助かります」

おさやが頭を下げた。

「頼りにしてますさかい」

次平も腰を折る。

「うちは百組だから、百人力よ」

かしらの清五郎《せいごろう》が力こぶをつくった。

なには屋のある本八丁堀と、南茅場町、日比谷町、亀島町が百組の縄張りだ。同じ八丁堀でも南八丁堀などは、す組に入る。

「へ組じゃなくて良かったな。……おう、そこだ」

療治を受けながら、車屋が言った。

近くで見守っていたおすがが笑う。

「まったくで」

「いまだにへ組だったら、よそで名乗れねえとこだったぜ」

火消し衆が苦笑いを浮かべた。

江戸の町火消しの組にはいろはが付されているが、例外として「百」「千」「万」「本」がある。いろはのうち語呂が芳しくない「へ」「ら」「ん」「ひ」がそれぞれ改められたのは享保《きょうほう》の世のことだ。

ほどなく、療治が終わった。

「おう、軽くなったな。助かるぜ」

お忍びの奉行はそう言って療治代をおすがに払った。

「ありがたく存じます」

受け取ったおすがの三味線がしゃらんと鳴る。

「吹き寄せができましたんで」

厨から新吉が言った。

「おう、そっちへ行くぜ」

かねてより火消し衆とも顔なじみの奉行が軽く右手を挙げた。

「お待ちどおさまで」

「秋の吹き寄せでございます」

なには屋の兄妹の声がそろった。

「おお、こりゃ豪勢だな」

「おれらだけだったら、こんなきれいなもんは出ねえぜ」

「車屋の旦那がいてこそ食える肴だな」

皿を見るなり、火消し衆がさえずる。

彩り豊かな吹き寄せだ。

まずは車海老の赤がある。酒塩にいくらかつけてから串に刺して焼き、頭と尾と殻を外して二つに切る。

秋の吹き寄せに欠かせないのは松茸だ。汚れをふいて石突《いしづき》を落とし、手で四つに裂いてから酒塩につけ、手早く網焼きにする。車海老をつけておいた酒塩を使うと、ほのかに味が移ってなおのことい い。

ここに、ゆでて薄皮をむいた銀杏と、からっと揚げた結び昆布が加わる。皿に松葉を散らしてから盛り付ければ、見た目も心弾む秋の吹き寄せの出来上がりだ。

「見てよし、食ってよしだな」

お忍びの奉行が笑みを浮かべた。

「春は貝の吹き寄せにしますんで」

新吉が言う。

「いまから春が待ち遠しいぜ」

車屋はそう言うと、火消しのかしらが注いだ酒をくいと呑み干してから続けた。

「吹き寄せってのはいろんなものが風に吹き寄せられたさまに見たててるわけだが、風に乗じて悪さをするやつもいる。風の音が響きだしたら気をつけてくんな」

車坂伊賀守は火消し衆を見廻して言った。

「へい、合点で」

「和泉屋もそろそろ年貢の納め時で」

火消し衆の声に力がこもった。

火事のたびに身代を大きくしていく材木問屋については、前から良からぬ噂が根強くあった。和泉屋が手下を使って火付けをやらせているという動かぬ証をつかむことができれば、江戸の民がこうむってきた積年の恨みを晴らすことができる。

「おれはちょくちょく来るわけにゃいかねえが、垣添によく言ってある。火盗改の者も近くに詰めてる。心安んじてあきないをしな」

お忍びの奉行はなには屋の面々に言った。

「承知しました」

「ありがたく存じます」

次平とおさやの声がまたそろった。

五

翌日の夕方――。

なには屋の船べりの席には垣添与力と松木同心、それに、亀吉とおつるの兄妹が陣取っていた。

風の音がする。

大気も乾いているから、火付けの悪さをするにはおあつらえ向きだ。

「火盗改の人も、昼に来てくれはりましたんで」

次平が告げた。

「なら、網は万全だな」

垣添与力がそう言って、ふぐもどきに箸を伸ばした。

うち見たところ、大皿にきれいに盛り付けられているのはふぐの刺身だが、実は薄く切られた蒟蒻《こんにゃく》だった。ていねいにあく抜きをした蒟蒻を、ふぐに見立ててなるたけ薄く切る。これに紅葉おろしを添え、酢醬油で食せば、なかなかに小粋な酒の肴になる。

「やっぱり東都屋が気に入らねえな」

亀吉が首をひねった。

「十手持ちの勘？」

妹のおつるが問う。

「おう。相変わらず流行《はや》ってねえのに、跡取り息子はいやに羽振りが良さげだった」

「芝居見物もいい席だったからね」

周到にそこまで調べたらしい松木同心が言う。

「和泉屋から出た泉が川になって流れていき、東都屋をうるおしてたとすりゃあ、つじつまが合う。てことは……」

垣添与力は猪口を置いた。

「向こうから火をつけに？」

おさやが顔をしかめた。

「ありえねえ話じゃねえ。用心するに越したこたあねえな」

与力は答えた。

「そやけど、すぐそこの東都屋から火付けに来たりしますやろか」

次平があいまいな顔つきで言った。

「おのれの見世も焼けてもうたら困るし」

新吉も小首をかしげる。

「今日の風なら、東都屋のほうへは行かないよ」

松木同心がいくぶん声を落として言った。

「さすがに読むな、重三郎」

垣添与力がわずかに笑みを浮かべた。

「そりゃあ、火消しですから」

同心の今日のなりは火消しだ。百組の半被をまとっているから、実に真に迫っている。

「そうすると、風向きのいい晩を選んで……」

おさやが眉をひそめた。

「かわりばんこで寝るようにするか？」

兄が問う。

「そやねえ。見つけたら呼子を吹かんとあかんし」

妹が答えた。

「だったら、わたしが詰めましょうか」

おつるが手を挙げた。

「おう、いま言おうと思ったんだ」

亀吉が笑みを浮かべた。

「おめえは詰めねえのか」

与力が十手持ちに問う。

「お兄ちゃん、鳥目なんで」

おつるが先に答えた。

「夜は役に立たないんですよ」

松木同心も言う。

「すまねえこって。夜は眠くもなるし、足を引っ張るだけなんで」

亀吉は髷に手をやった。

「なら、座敷に布団を敷いて、かわりばんこで寝ましょ」

おさやが言った。

「掛け布団の上にきちが乗ってくるさかい、ぬくいで」

次平が白い歯を見せた。

「おめえはどうする？」

垣添与力が松木同心に問うた。

「百組の仲間に告げてきますよ。今晩、気をつけなって」

隠密廻りはやつしの半被に手をやった。

「なら、大丈夫そうだな。おれも家であんまり呑まねえようにするから、何かあったらつないでくんな」

与力はそう言うと、いなせなしぐさで立ち上がった。

六

夜が更けた。

なには屋から遠からぬところにある東都屋から、夜陰に乗じて怪しい影が三つ現れた。

「抜かるなよ」

押し殺した声で言ったのは、和泉屋の番頭の手下の松造だった。

「へい」

跡取り息子の江太郎が答える。

「やってやりまさ」

そのつれの寅吉が気の入った声を出した。

「へまをやるんじゃねえぞ」

あるじの巳之吉が怖い顔で言った。

「しくじったら、うちもただじゃすまないからね」

おかみのおくまも言った。

「分かってら」

黒装束に身を包んだ江太郎が言った。

「気の悪いなには屋に火をつけて、首尾よく大火になったら、和泉屋から大金をもらえるからな」

跡取り息子がにやりと笑う。

「まずは、やることをやってからだぜ」

松造が引き締めた。

「へい」

「合点で」

江太郎と寅吉が短く答えた。

木場からわざわざ火付けに来るわけにはいかない。これまでも、無住の寺や神社の軒下などに陣を敷き、素早く火付けをして江戸の闇にまぎれていた。

このたびは、ちょうど近くに東都屋があった。町の木戸番はぼんやりしているから、苦もなく通り抜けられる。なには屋までたどり着くのに造作はない。

「なら、行くぜ」

松造が身をかがめて駆けだした。

江太郎と寅吉が続く。

その背が闇にまぎれるのを見送ると、東都屋は戸を閉ざした。

七

おさやは手を伸ばした。

掛け布団が急に重くなったからだ。

きちが「ふみふみ」を始めた。ゆくえ知れずの父の吉兵衛から名を採ったきちはすっかりなには屋になじみ、魚のあらなどをもらってなかなかの恰幅《かっぷく》になっていた。

引札を兼ねた下り酒の酒樽の上に小ぶりの座布団を敷いてやったら、よほど居心地がいいのか、日のあたるあいだはずっとそこで寝ている。その姿が愛らしいと評判を呼び、なには屋ののれんをくぐってくれる客も出るようになったから、きちはまさに福猫だ。

おつると番を代わり、うとうとしはじめたのだが、きちが乗ってきたせいで眠りの川から岸へ引き戻されてしまった。

きちの動きが止まった。

「みゃあ……」

と、心細そうな声でなく。

闇の中で、おさやの鼻がわずかに動いた。

きな臭《くさ》い臭《にお》いがした。

はっとして飛び起きた。

「お兄ちゃん、おつるちゃん」

声をあげる。

先に気づいたのは、船べりの席でうつらうつらしていたおつるだった。

おつるも嗅《か》いだ。

何かが焦《こ》げている。

「お兄ちゃん、新吉っつぁん、起きて」

おさやは大声を発した。

眠気は去った。

それとともに、思い出した。

おさやは呼子を探った。

枕元に置いてあったのだが、すぐ手に取ることができない。

「あかん」

次平が声を発した。

「やられたで、火付けや、火付けや」

切迫した声が響く。

どうやら裏手だ。

それを聞いて、おつるが果断に動いた。

あらかじめ用意してあった水桶を抱え、裏手に向かう。

「あった」

おさやは呼子をつかんだ。

思い切り吹く。

驚くほど高い音が発せられた。

「火盗改はん、火消しはん、出番やで！」

次平も大音声《だいおんじょう》で叫び、出刃包丁をつかんで裏手へ向かった。

おさやがまた呼子を吹く。

火はまさになには屋に燃え移るところだった。

松明《たいまつ》が何本も燃えている。

そこへ向かって、おつるは勢いよく桶の水を放った。

じゅっ、と音が響く。

「次の、ありまっせ」

新吉が水桶を運んできた。

「はいよ」

おつるが受け取り、燃えかけているところに水をかける。

「しゃらくせえ」

黒装束の男が匕首《あいくち》を抜いた。

「お兄ちゃん、危ない」

おさやが声を発した。

まだ消えていない松明の明かりを受けて、刃物がぎらりと光る。

それは次平にも見えていた。

妙に肝が据わった。

荒波越えて難破したお父はんの船に比べたら、こんなん大したことあらへん。払《は》ろたらええだけや。

そのとおりに手が動いた。

突き出されてきた凶刃《きょうじん》を、なには屋のあるじは正しく払いのけた。

かん、と乾いた音が響く。

火花が散った。

そのとき、また呼子が響いた。

おさやが吹いたのではなかった。

人の声がする。

初めは聞き取れなかった言葉が、ほどなくはっきりと伝わった。

「御用だ」

「御用」

そう聞き取ることができた。

八

「げっ」

江太郎は蒼《あお》くなった。

前にやらかした火付けのときとは違った。

よもや手が回っているとは……。

「どうするんでい」

寅吉が悲痛な声をあげた。

「ちっ」

松造が舌打ちをする。

その目に、あかあかと燈のともった提灯《ちょうちん》が入った。

火盗、と記されている。

一つや二つではない。

御用、御用と声を発しながら、波のように押し寄せてくる。

「退《ひ》けっ」

和泉屋の番頭の手下は身ぶりをまじえた。
とにもかくにも、逃げねばならない。
悪党どもは東都屋のほうへ一目散に逃げはじめた。
だが……。
半町（五十メートル強）ほど逃げたところで、その歩みが止まった。
今度は火盗改ではなかった。
鳶口《とびくち》などを手にした百組の火消し衆だった。
「神妙《しんみょう》にしな」
「逃げ道はねえぜ」
火消し衆が鳶口を構える。
後ろからは「火盗」の提灯が迫っていた。
もう袋の鼠《ねずみ》だ。
火消し衆をかき分けるようにして、黒紋付の羽織の武家が姿を現した。
「われこそは、南町奉行所与力、垣添隼人なり」
垣添与力は名乗りを上げた。
そのかたわらには、百組の火消し衆と同じなりの松木同心も控えている。急を察して、いち早く与力に知らせたのだ。

「江戸に災いをもたらさんとせし火付けども、観念せよ」

与力はそう言うなり、朱房の鮮やかな十手をかざした。

「御用だ」

「御用」

背後で提灯が揺れる。

東都屋の江太郎は、総身の力が抜けたかのようにへなへなとひざから崩れ落ちた。

第八章　温玉茸雑炊

一

「危ねえとこだったな」

翌《あく》る日、なには屋の検分に来た垣添与力が言った。

火をつけられた裏口の戸はだいぶ焼けていた。あと少し遅かったら、見世は燃えてしまっていたかもしれない。

「みなさんのおかげで、助かりました」

次平が深々と腰を折った。

百組の火消し衆も検分に来ている。そのなかには、今日も火消しのやつしの松木同心の姿もあった。

「ほんに、いまでもふるえが来るくらいで」

おさやが胸に手をやる。

「呼子が聞こえたからよ」

「いい音で鳴ってたぜ」

火消し衆が言う。

「おれらも手柄になったんで」

「いまだに『おめえら、もとはへ組じゃねえか、臭《くせ》え臭え』とか言われてるからよ」

「江戸に百組ありってとこを、ちったぁ見せられたぜ」

火消し衆は上機嫌だ。

「それで、垣添さま……」

次平が与力に声をかけた。

「ん？　何でえ」

半ば焼け焦げた松明を検分していた垣添与力が顔を上げた。

普通は手下に任せておくものだが、なるたけ前へ出ておのれの目でたしかめるのが性分だ。

「捕まった火付けはどうなるんでしょう」

次平はおずおずと問うた。

「そりゃあ、いままさに火盗改の役宅でお取り調べの最中《さいちゅう》だろう。文挾様は、狙った獲物は必ず仕留めるっていう評判だ。厳しい責め問いにかけてやったら、洗いざらい吐くだろうぜ」

与力は鞭《むち》でたたくしぐさをした。

「石抱きや海老責め、それに水責め。いろいろ使うそうですから」

松木同心が補った。

「水責めというのは、おぼれさせるんですか?」

おさやがたずねた。

「いや、水を無理やり吞ませるんだ。そのうち胃の腑がふくらみ、腹がぱんぱんになって地獄の苦しみになる」

同心が答えた。

「ぱーんと破れて死んだりするんだぜ」

与力が身ぶりをまじえて告げたから、おさやは思わず顔をしかめた。

火をつけにきた三人ばかりでなく、東都屋のあるじとおかみも捕縛された。一つ穴のむじなと見なされ、火盗改の役宅で取り調べを受けている。町方にいったんのれんを取り上げられた件もあるから、今度こそただでは済まないだろう。

「和泉屋はどないなりますやろ」

次平がいくぶん声を落としてたずねた。

「まず手下に吐かせてからだな」

与力が腕を撫《ぶ》した。

「車屋の旦那はもう網を張ってる。幕閣の後ろ盾もいなくなったから、逃げ場はねえだろうぜ」

垣添与力はにやりと笑った。

そこでお粥《かゆ》ができた。

さすがに今日はのれんを出せないので、見世の前に貼り紙をして休みにした。しかし、せっかく検分にきてくれた人たちに何かふるまいをと、甘藷《かんしょ》を使った粥を大急ぎでつくった。

赤穂の塩と黒胡麻。それに、ほんの少しの薄口醬油。

味つけはそれだけでいい。あとは甘藷の甘みが食す人をいやしてくれる。

「はい、なんぼでもありますんで」

新吉が白い歯を見せた。

「たんと召し上がってくださいまし」

「ほっとり煮えてますんで」

おさやと次平が椀を渡す。

「おお、こりゃありがてえ」

「芋がでけえな」

「ちょうどいい按配に煮えてるぜ」

火消し衆が笑顔で匙を動かす。

「今日はこれで終わりか？」

おのれも甘藷粥を味わってから、垣添与力がたずねた。

「のれんを出そと思たら出せますけど」

次平がそれと察して答えた。

「なら、出しといてくんな。亀吉とおつるにつなぎ役をさせるし、おれもまた来るかもしれねえ」

与力はそう言って、残りの粥をわっと胃の腑に落とした。

「承知しました」

「出しときます」

なには屋の兄妹はいい声で答えた。

二

「偉かったなあ、きち」

おさやは鰹節をたっぷりかけた猫まんまを差し出した。

きちが喜んではぐはぐと食べはじめる。

「きちがないて教えてくれたさかい、おさやが気ィついて呼子を吹けたんや。うちが焼けずにすんだのはおまえのおかげやで」

次平が首筋をなでてやった。

「ほんまに、お父はんが……」

おさやはそこで言葉を呑みこんだ。

猫にのりうつってきてくれたのとちゃうやろか。

そう言おうとしたのだが、験が悪いと思い直したのだ。ゆくえ知れずになっただけで、あの世へ行ったわけではない。おのれがだれか思い出しさえすれば、なには屋を探して訪ねてきてくれるかもしれない。

おさやは改めてそう思った。

七つ下がりの時分になった。さきほどさっと雨が降ったが、どうやらこのままもってくれそうだ。

「沢山《ようけ》食べたか？」

次平がきちにたずねた。

茶白の縞のある猫は、えさ皿から顔を上げると、満足げに毛づくろいを始めた。

そのとき、表で人の気配がした。

「お客さん、来ますよ」

急いで駆けこんできたのは、おつるだった。

少し遅れて、亀吉も飛びこんできた。

「ああ、負けちまったぜ」

兄の十手持ちが苦笑いを浮かべる。

「かけっくらをしてきたの？」

おさやが問うた。

「ええ。駕籠が来るんで」

ほうぼうでつなぎ役をしていたらしいおつるが答えた。

「駕籠には勝ったんだがな。足、速《はえ》えんだ、こいつ」

亀吉が妹を指さして額の汗をぬぐった。

「垣添さまには勝ったじゃない」

と、おつる。

「与力の旦那も走ってるんで？」

次平が驚いたようにたずねた。

「ええ。駕籠の脇を」

おつるは腕を振るしぐさをした。

ほどなく、駕籠かきの声が近づいてきた。

「おう、水くんな」

そう言いながら、垣添与力が飛びこんできた。

額には玉の汗だ。

「はいはい、ただいま」

おさやがすぐさま動く。

駕籠が止まった。

一挺《ちょう》ではない。二挺だった。

中から悠然と下りてきたのは、南町奉行の車坂伊賀守と、火付盗賊改方長官の文挾兵衛だった。

三

「さすがは火盗の責め問いだな」

座敷に陣取った南町奉行がそう言って猪口の酒を干した。

今日はお忍びの車屋ではない。りゅうとした武家の着こなしだ。

「餅は餅屋だからな」

文挾兵衛が渋く笑う。

「東都屋は今日かぎりだから、もう悪さをされるこたぁねえぜ。安心しな」

垣添与力が言った。

「そうすると、今度こそのれんをお取り上げに？」

次平が問う。

「それで済むはずがねえじゃねえか」

与力はすぐさま答えた。

「跡取り息子の江太郎は、火付けの咎人《とがにん》だ。こたびの件ばかりではない。以前にもつれの寅吉とともに火付けをやらかしていた。死罪は免れまい」

火盗改のかしらは冷ややかに言った。

「東都屋のあるじとおかみも、良からぬ企みの相談事に加わっていた。追って厳しいお沙汰が下るだろう」

車坂伊賀守が言った。

「お奉行がお沙汰を下すんじゃないんで？」

次平がいぶかしげに問うた。

「わが役宅で責め問いにかけて吐かせた咎人だ。お沙汰は追ってご老中が下すことになっている」

文挾兵衛がそう答え、ぷっくりとした銀杏を口に運んだ。

炒《い》り銀杏に甘鯛の干物、椎茸と高野豆腐《おこやさん》の煮つけ、甘藷と舞茸の天麩羅。いまは茸雑炊をつくっている。今日は途中からのれんを出したなには屋だが、なんとかさまになってきた。

「それよりも、首魁《しゅかい》を召し捕らねばな」

南町奉行の眼光が鋭くなった。

「首魁、すなわち悪の親玉の和泉屋ですね？」

垣添与力がなには屋の面々にも分かりやすいように問う。

「そのとおり。番頭の手下だった松造は責め問いにかかって洗いざらい吐いた。外堀はもう埋まったようなもんだ」

車坂伊賀守が言った。

「かつては幕閣の後ろ盾があり、不可解な差し戻しがあったりした。さりながら……」

文挾兵衛は座り直して続けた。

「今度という今度は、もう逃しはせぬぞ」

火盗改のかしらは気の入った顔つきで言った。

「なら、和泉屋へ押しかけるんでしょうか」

おさやがたずねた。

「いまは夜逃げしないように見張らせている。明日の朝、わっと取り囲んで召し捕り、あるじと番頭その他を厳しく吟味するつもりだ」

南町奉行が答えた。

「おいらも陣立てに加わるんで」

亀吉が胸を張った。

「ついでにわたしも。和泉屋には女もいるので」

おつるが二の腕をたたいた。

それを聞いて、次平の表情が変わった。

「わ、わいも捕り方に加えてもらえまへんやろか」

おのれの胸を指さして、次平はだしぬけに言った。

「お兄ちゃん、ただの料理屋のあるじやんか」

おさやが少しあきれたように言った。

「そやけど。同じ大坂出のもんとして、何か言うたらな腹の虫が収まらん」

紅潮した顔で、次平は言った。

「やめとき。怪我《けが》したらあかんさかい」

おさやがいさめる。

「わても行きたいくらいですわ」

料理人も厨から言った。

「新吉っつぁんまで。そんなん、筋が通らへんって」

と、おさや。

「町方に加わるんなら、べつにいいぞ」

思いがけず、南町奉行が言った。

「えっ？」

おさやが意外そうな顔つきになった。

「おれの手下として、亀吉とおつるも陣に加わる。そのまた手下がいたっていいじゃねえか」

垣添与力が言った。

「へえ」

次平の瞳が輝いた。

「うちの陣だと無理だがな。荒っぽくて怪我をするから」

文挾兵衛がそう言って、また猪口の酒を呑み干した。

明日は大捕物だ。江戸の民ならだれでも知っている豪商、和泉屋の本丸に攻めこむ。町方と火盗改、二つを併せた布陣で臨むことになっていた。

「無理せんといてや、お兄ちゃん」

おさやが案じ顔で言った。

「ああ、分かってる。ひと言、言うたるだけや」

次平はそう請け合った。

「それから、お見世もあるさかい、新吉っつぁんは行かんといて」

「へえ、分かりました」

料理人がうなずいた。

「うめえもんをつくるのがつとめだからな」

垣添与力が言った。

「お、そろそろできたか？」

亀吉が覗きこんだ。

「へえ、なには屋自慢の茸雑炊だす」

新吉が笑顔で答えた。

「なら、お運びを」

おつるがさっと立ち上がった。

ほどなく、あつあつの茸雑炊が運ばれていった。

舞茸、平茸、椎茸、しめじ。今日は四種も入っている。控えめに韮《にら》を入れ、三つ葉をちらした風味豊かな雑炊だ。

「うめえな」

車坂伊賀守が笑みを浮かべた。

「うまいが……」

文挾兵衛は一つ注文をつけた。

「玉子が入っておれば、なおのこと良かったであろう」

「なるほど。半ゆでにした玉子だな？」

南町奉行が問う。

「そうだ。とろっとしたところを崩して、まぜて食えば格別だぞ」

火盗改のかしらが身ぶりをまじえて言った。

「聞いただけでおいしそうですね」

おさやが笑みを浮かべた。

「なら、玉子の仕入れに気を入れて、そのうち出しますわ」

次平が乗り気で言った。

「温玉茸雑炊でんな？　任しといておくんなはれ」

若き料理人が、厨で力こぶをつくった。

四

翌日——。

和泉屋龍蔵は奥の間で目覚めた。

夢かと思ったが、そうではなかった。いやに騒々しい。

「旦那さま、旦那さまーっ」

番頭の重吉の声が聞こえた。

龍蔵はあわてて飛び起きた。

「旦那さま、大変でございます」

障子を開けるなり、番頭は息せききって告げた。

「何や。どないした？」

和泉屋のあるじが問うた。

「町方と火盗改が大挙して召し捕りに」

重吉はそう告げるなり、ぶるっと身をふるわせた。

「町方と火盗改だと？」

龍蔵の顔つきが変わった。

「はい。手下の松造が洗いざらい吐いたそうで」

番頭は涙目になっていた。

「あほな。わいの後ろには……」

和泉屋龍蔵はそこで言葉に詰まった。

賄賂《まいない》を贈っていた老中の後ろ盾はもうない。

声が近づいてきた。

「お取り調べだ」

「通るぞ」

逃げ場はなかった。

火事が起きるたびに身代を太らせてきた豪商は、進退ここにきわまった。

そして、捕り方が現れた。

その先頭に立っていたのは、強面《こわもて》の男だった。

「われこそは火付盗賊改方長官、文挾兵衛である」

そう名乗りを上げると、鬼の兵衛は鍔《つば》の付いた長い十手を突きつけた。朱房が目にも鮮やかだ。

「材木商、和泉屋龍蔵、並びにその配下の者ども、かねてより江戸市中にて繰り返せし火付けの吟味にて引っ捕らえる。神妙にいたせ」

十手が動いた。

それを合図に、捕り方がなだれこむ。

「御用だ」

「御用」

和泉屋はなすすべもなかった。あるじも番頭も跡取り息子も、たちまち後ろ手に縛られて引き立てられていった。

捕物は火盗改が主導だが、町方も吟味に入っていた。その指揮をふるったのは垣添隼人与力だった。周到に調べた与力は、和泉屋の黒書院からあるじの龍蔵が書きものをしていた秘密の帳面を見つけた。

いつどこで、だれに火付けをやらせたか。その結果、どれだけの利を収めることができたか。

存外に筆まめな和泉屋龍蔵は、事細かに記していた。

それが動かしがたい証《あかし》になった。

「おっ、来たぜ」

捕り方の中から、亀吉が言った。

和泉屋につとめている者はたくさんいる。むろん、火付けに関わっていたのはほんのひと握りで、何の関係もない丁稚や力仕事の男衆なども多かった。みな、何事ならんと成り行きを見守っている。

そのなかを、後ろ手に縛られたあるじが呆然《ぼうぜん》とした顔で進んできた。

「大坂の恥さらし」

声が飛んだ。

なには屋の次平だ。

和泉屋龍蔵はぎろっとにらんだ。

「火付けで身代を太らせるやなんて、ようそんなことがでけるな。恥を知れ」

次平はさらに罵声《ばせい》を浴びせた。

「ちゃんとお裁きを受けてこい」

亀吉が十手をかざした。

和泉屋龍蔵は何も言い返さなかった。

丸に和。

ほまれの屋号の材木問屋は、その日かぎりでのれんを下ろした。

五

「さあさ、買ったり買ったり」

上野広小路に、威勢のいい声が響いた。

「木場の材木問屋、和泉屋がお召し捕りでい。火付けの親玉だったんだから驚きだ。子細はこのかわら版に書いてあらあ」

平造が刷り物を高々とかざした。

「江戸じゃこの話で持ち切りだよ。読まないとみなに遅れるよ」

つれあいのおやえがあおる。

「おう、一枚くんな」

「こりゃ読まねえとな」

次々に手が伸びた。

「へい、毎度あり」

「じっくり読んでね。うちのがいちばん詳しいから」

平造とおやえが笑顔でかわら版を渡した。

「よそのかわら版とは違うのかい」

大工衆の一人が問う。

「火付けを引っ捕まえたとこから書いてあるのはうちだけで」

平造が胸を張った。

「火をつけられそうになった料理屋と知り合いでね。よそのかわら版には書いてないよ」

おやえが和す。

「こりゃあ、町方の旦那からも許しを得てる。南町奉行のお水取り、いや、お墨付きのかわら版だぜ」

「ちっとも面白くないよ、あんた」

いつもの調子で掛け合いながら、かわら版を売りさばく。

「ははあ、東都屋っていう飯屋のせがれが火付けをやってたのかい」

買ったかわら版をさっそく読んだ客が言う。

「なには屋っていうあきないがたきに火付けをやらかそうとしたって書いてあらあ」

「そこから芋づるみてえに引っ張っていったら……」

「親玉の和泉屋までつながったってわけか」

「そりゃまた、でけえ芋だったな」

大工衆が口々に言った。

「なには屋のお料理はおいしいですよ」

おやえが如才なく言った。

「そうかい」

「なら、今度行ってみるか」

「験もいいしよ」

大工衆は乗り気で言った。

それやこれやで、かわら版はあっと言う間に売り切れた。

六

「おう、引き回しはあさってだからな」

垣添与力が告げた。

だいぶ風が冷たくなってきた時分の、なには屋の二幕目だ。

「和泉屋の引き回しでんな?」

次平が問う。

「それだけじゃねえ。番頭の重吉、東都屋の江太郎とつれの寅吉、火付けの段取りを整えたり、手を下したりしてたやつらも、江戸市中引き回しのうえ火あぶりで獄門だ」

今日は座敷に陣取った与力が、そう言って隣の男の猪口に酒を注いだ。

お忍びの車屋だ。ほかに、今日は普通のいでたちの松木同心もいる。

「火あぶりって、ほんとにやるんですかい?」

船べりの席から亀吉が問うた。

妹のおつると魚屋の三五郎もいる。

「いや、たいていはお慈悲で火あぶりになる前にあの世へ送ってやるんだがよ」

与力が答えた。

「このたびの和泉屋は、これまでに出した火の数と大きさが違う。あるじの龍蔵には熱い思いをしてもらわないとな」

お忍びの奉行が告げた。

「江戸の民の恨みがこもってますからね」

三五郎が言う。

「さぞや罵声が飛ぶだろうよ」

松木同心が言った。

「東都屋のほうは遠島なんですね？」

おさやがたずねた。

「ああ。あるじもおかみも薄情なもんで、せがれが火付けの手下だったとは知らぬ存ぜぬと言い張るばかりだったが、江太郎もつれの寅吉も責め問いで吐いてるんだ。東都屋で良からぬ話をしてたのは間違いねえ」

垣添与力は猪口の酒を呑み干してから続けた。

「打ち首でもいいとこだが、手を下してたわけじゃねえってことで、お沙汰は遠島だった。ただし、出入りの魚屋の八郎もそうだが、二度と戻れねえ遠島だからな。まあ身から出た錆《さび》よ」

与力はそう言って、寒鮃《かんびらめ》の刺身に箸を伸ばした。

鮃に鰈《かれい》に鰤《ぶり》。

寒の一字を冠した魚がことにうまくなる時季だ。昼の膳は鮃と鰈の両盛り刺身膳で大好評だった。どちらも脂がのっていながら淡白でうまい。

「まあ、何にせよ、あさってで一件落着だな」

お忍びの車屋が酒を干す。

火盗改と火消し衆はいないが、今日は打ち上げのようなものだ。

「これからは意趣返しの恐れもねえから、心安んじて励んでくんな」

与力が笑みを浮かべた。

「ありがたく存じます」

「気張ってやりますんで」

なには屋の兄妹の声が弾んだ。

「では、その気張った料理です」

厨から新吉が小ぶりの土鍋を差し出した。

「お運びは、わたしが」

おつるがさっと立ち上がる。

「さすがに昼には出せへんかったんですけど」

おさやが初めの土鍋を盆にのせて運んだ。

「入る卵にかぎりがありますよってに」

次平が言った。

「例のものだな？」

お忍びの奉行の表情がやわらいだ。

「はい、さようで。まずは車屋はんに」

おさやがそう言って置いたのは、温玉茸雑炊だった。

ほどなくみなに行きわたった。半ゆでの卵を匙で割り、まぜながら食す。

「五臓六腑にしみわたるな」

車屋が感に堪えたように言った。

「いい按配だぜ」

「これは、毎日食べたくなるね」

与力と同心も口をそろえる。

「魚が入ってなくてもうめえや」

三五郎も笑みを浮かべた。

「で、あさってはおいらとおつるも見張りですかい?」

亀吉が座敷に向かってたずねた。

「和泉屋に石を投げたりするやつが出るかもしれないからね。その段取りはあとで」

松木同心が答えた。

「お兄ちゃんは行く?」

おさやがたずねた。

「わいは捕まるときに言うたったさかい、昼からやったら、今度はおまえが行け」

次平は答えた。

「なには屋のおかみとして、ひと言言ってやれ」

お忍びの奉行が言った。

「へえ」

おさやがややあいまいな顔でうなずいた。

「お母はんやったらこう言うやろ、っちゅうことを言うたったらええねん」

次平が風を送った。

それで踏ん切りがついた。

「分かった。思案して、言うたる」

おさやは引き締まった顔つきで答えた。

七

「早くも人が待っていたよ」

富田屋の仁左衛門が告げた。

翌々日の昼が終わり、二幕目に入った頃合いだ。

「どのへんだす？　引き回しは八丁堀も通るって聞きましたんやけど」

次平がたずねた。

「すぐそこの松屋町の広い通りから橋を渡って出ていくから、そこで待っていればいい」

菱垣廻船問屋のあるじが答えた。

「ほな、もう行ったほうがええんでしょうか？」

おさやが小首をかしげた。

「いや、まだ早いと思うよ。小伝馬町《こでんまちょう》の牢屋敷を出たくらいの按配だから」

番頭の富蔵が言った。

江戸市中引き回しの咎人は、牢屋敷を出てから回る道筋が決まっている。いったん江戸橋を渡り、日本橋の高札場《こうさつば》の前を通るが、そのまま繁華な大通りを進むことはない。海賊橋から坂本町、さらに八丁堀の中を突っ切るように進んでいく。なには屋からはいくらも離れてはいなかった。

「なら、わたしが様子を見て知らせにきますんで」

昼の後片付けをしていたおつるが腕を振るしぐさをした。

「悪いわねえ。そうしてもらえると助かるわ」

おさやが笑みを浮かべた。

「おつるちゃんやったら、あとから行っても見えるさかい」

次平が手で背丈を示す。

「こういうときだけは得で」

おつるは笑顔で答えた。

「ところで、例の話なんだがね」

富田屋のあるじが匙を置いて言った。

食していたのは、昼の膳の顔だった炊き込みご飯だ。二幕目のために多めに炊いておいた。

玉子を多めに仕入れた縁で入った鶏肉も入れ、油揚げと牛蒡と茸と人参を使った具だくさんの炊き込みご飯膳は、好評のうちに売り切れた。小ぶりの鰈の揚げ物までついているから食いでも充分だ。

「と言いますと？」

次平が問う。

「お忘れかい。縁談だよ」

仁左衛門は少し苦笑いを浮かべて言った。

「ああ、そう言えばそんな話が……」

次平はあいまいな顔つきになった。

「南新堀の下り酒問屋、池田屋《いけだや》のあるじが知り合いでね。このあいだ講で一緒になったときにその話をしたところ、息子でも娘でもどうぞお持ちくださいと、えらく乗り気だったんだよ」

富田屋のあるじが伝えた。

「大坂ともつながりのあるあきないなので、これは良縁でございましょう」

番頭が先走って言った。

「でも、うちが嫁に行ったら、なには屋が困ります」

おさやはのれんのほうを指さした。

「いや、池田屋さんは子だくさんでね。跡取り息子もそれを手助けする弟たちもちゃんと育って、順に嫁をもらって子もできてるんだ」

「ああ、なるほど」

次平がうなずく。

仁左衛門は続けた。

「五男がそろそろ身を固める頃合いだが、嫁を取ったらわけが分からなくなるので、よそへ婿にやりたい、上方の料理屋なら気安く食べに行けるから好都合だと身を乗り出してきてね」

仁左衛門もいくらか身を乗り出して告げた。

「ほな、うちがお婿さんを？」

おさやは今度はわが胸を指さした。

「そういうことになるね。ちらっと見かけただけだが、感じのいい若者だったよ」

と、富田屋。

「お兄ちゃんのほうはどうなりますのん？」

おさやは問うた。

「ああ、そちらは四女でね。なかなかの小町娘だそうだ」

仁左衛門は笑みを浮かべた。

「そやけど……」

次平はちらりとおつるのほうを見てから続けた。

「いっぺんに二人ってわけにもいかしまへんやろ。まずはおさやのほうをお願いできますやろか」

「お兄ちゃん」

おさやは驚いたように兄の顔を見た。

「次平さんにはだれかあてがあるのかい」

仁左衛門が訊く。

「ええ、まあ……」

次平は急に赤い顔になって言いよどんだ。

「そんなん、聞いたことないで、お兄ちゃん」

と、おさや。

「まあ、それなら、おさやちゃんのほうだけ進めようかね。それでいいかい?」

仁左衛門がたずねた。

富田屋は江戸の後ろ盾だ。あるじの仁左衛門がせっかく話を持ってきてくれたのだから、無下に断るわけにもいかない。もし会ってみて合いそうになければ、お断りすることもできるだろう。

おさやはそう考えを巡らせた。

「ええ……お願いいたします」

簪の短冊が揺れた。

「なら、そのうち膳立てを思案しよう」

仁左衛門が請け合った。

「一段落するまで聞いてしまいました。なら、ちょっと行ってきます」

おつるが笑顔で言った。

「ああ、お願いね」

おさやはさっと右手を挙げた。

八

「これで見られるかしら」

四半刻後《しはんとき》に呼びに来たおつるとともになには屋を出たおさやは、速足で歩きながら言った。

和泉屋の引き回しは江戸じゅうの話題になっている。ひと目見ようと急ぐ者の数はずいぶんと多かった。

「向こうは馬に乗せられてるんで、見えるでしょう」

おつるが答える。

「そやね。でも、ひと言言わんとあかんさかい、人垣に埋もれたらかなんなあ」

と、おさや。

「なら、わたしが抱っこしてあげます」

おつるが身ぶりをまじえた。

「ああ、そらええな」

「もと相撲取りの妹ですんで」

おつるが笑った。

松屋町の蔵地の前には二重三重の人だかりができていた。そのなかに、なには屋の常連の姿があった。

「あっ、おさやちゃん」

声をかけたのは上総屋の手代の丈助だった。

隣には温顔の隠居の善蔵もいる。

「そちらも見物ですか?」

おさやが声をかけた。

「はは、物見高いものでね。まあ、入りなよ」

醬油酢問屋の隠居が場所を空けてくれた。これなら抱っこをしてもらわなくても見える。

「わたしは後ろで」

おつるが言った。

「背が高いといいねえ」

と、丈助。

「こういうときだけ、助かります」

おつるは答えた。

ただ町を歩くだけで、「背が高《たけ》えな」「いくつあるんだい」と声をかけられるから、ときどき閉口させられる。

ややあって、引き回しの行列が近づいてきた。

まずは東都屋の江太郎とそのつれの寅吉が馬に乗せられてきた。どちらもふてぶてしい面構《つらがま》えだ。

「人でなし」

「火付けなんかやりやがって」

罵声が飛んだ。

何か言おうと思ったが、おさやはこらえた。

「江戸の飯屋の面汚し」

代わりに、おつるが一太刀浴びせた。

江太郎はぎろっとにらんでから引かれていった。

続いて、和泉屋の番頭の重吉が来た。なには屋に来たときとは打って変わって、げっそりとやせ、肩を落として目を伏せていた。

そして最後に、和泉屋の龍蔵が引かれてきた。

これから火あぶりになる男は、この期《ご》に及んで虚勢を張っているのか、薄ら笑いまで浮かべていた。

「火付けでもうけやがって」

「地獄へ堕《お》ちな」

「犬畜生にも劣るぜ」

ほうぼうから声が飛ぶ。

だんだん近づいてきた。

おさやは肚をくくった。

母のおまつならどう言うか、文句はもう考えてあった。

「浪花の恥！」

おさやはまずそう声を発した。

「廻船料理なには屋は、小判の山でなびいたりしまへんで。火ィに焼かれて出直しといで！」

おまつがのりうつったかのような迫力に、周りの者がいっせいにおさやを見た。

和泉屋もちらりと見た。

だが、何も言い返しはしなかった。

ややあって列が通り過ぎ、なには屋に戻ったおさやは、入り口に盛大に塩を撒いた。

第九章　大日丸出航

一

「この鯛はな、三が日のうちは食べたらあかんねん」

大坂の廻船問屋、浪花屋の大おかみが孫に向かって言った。

「そやで。睨《にら》み鯛て言うてな、悪さをするやつを睨みつけて、寄せつけんようにしたるねん」

跡取り息子の太平が床の間を指さした。

七福神の宝船の隣に、立派な尾びれの焼き鯛が飾られている。白木の三方《さんぼう》の上で誇らしげに尾をそらす睨み鯛だ。

「ほれ、こうやって」

おちえが赤子の太吉を睨みつけた。

母が怖い顔をしたせいで、太吉は急に泣きだした。

おちえは産後の肥立ちも良く、すっかり元気になった。赤子も風邪を引くことなく、毎日いい泣き声を響かせている。

「睨んだらあかんがな」

太平がそう言って、数の子に箸を伸ばした。

おせちの膳を囲みながらの一家団欒《だんらん》だ。松が明ければ、いよいよ大日丸が江戸へ向けて船出をする。太平も乗りこみ、江戸のなには屋へ向かうから、女房子供ともしばしのお別れだ。

「ごめん」

おちえは素直に謝った。

「睨むんやったら、木津屋にしとき」

大おかみのおまつはむっとした顔で言うと、せがれに続いて数の子を口中に投じた。

薄口醤油とだしだけで味つけした、上方ならではの数の子だ。うどんのつゆと同じく、江戸の者が口に入れたら「薄い」とすぐさま思うだろう。

「まあ、向こも気ィ遣《つこ》てるみたいやし、お母はん」

太平がなだめるように言って、今度はたたき牛蒡に箸を伸ばした。

「何が気ィやねん」

おまつは一言《いちごん》で斬って捨てた。

「あきないの取り引きもないのに、番頭はんを年始廻りによこさんでもええやおまへんか。ええ品でごまかそと思てもあかんで」

因縁のある樽廻船問屋の番頭は、上等の菓子やら酒やらを年始廻りの品に携えてきた。

「もろといたらよろしねん」

太平は軽く言って、たたき牛蒡をこりっとかんだ。

祝いの肴の三種ぞろえも、上方と江戸では違う。数の子と黒豆は同じだが、江戸のごまめが上方ではたたき牛蒡に変わる。

ほかにも、棒鱈《ぼうだら》やくわい煮など、上方のおせちには欠かせない品が膳をにぎわせていた。焼いた鰤や色鮮やかな海老煮もある。紅白の蒲鉾《かまぼこ》も控えている。次に何を食すか、箸が迷うほどだった。

「あんたは甘いさかい。木津屋の仕打ちは、ずっと忘れへんで」

おまつは厳しい顔つきで太平に言った。

「まあ、おさやも縁談があるみたいやから、あの話は忘れたってもええんとちゃうかな？」

太平はおずおずと言った。

江戸からは、和泉屋の件のかわら版に添えて、富田屋がおさやの縁談の段取りをしてくれているという文が届いていた。

「それはそれ、これはこれ、や」

おまつはぴしゃりと言った。

「まあ……そうですな」

太平は矛を収めた。

言い合いになっておまつに勝てる者は浪花屋にはいない。ゆくえ知れずになった吉兵衛も、たいていおのれから折れて頭を下げていた。

「おお、よしよし」

おちえはぐずりだした太吉を立ってあやしていた。

夜泣きばかりでなく、暮れていくのが怖いのか、たそがれどきになるたびに大泣きをするようになった。母は難儀だが、文句も言わずに初めての子を育てている。これなら太平も心安んじて菱垣廻船に乗りこめそうだ。

「まあ、なんにせよ」

大おかみは座り直して続けた。

「あの子ォに婿はんが来てくれるんなら、ええ話やないか。次平もそのうちええ子を見つけるやろ」

おまつの表情がやっとやわらいだ。

「江戸へ着いたら、よう言うときますわ」

太平が答える。

「気ィつけてね」

ややこをあやしながら、おちえが言った。

「ああ、分かってる。太吉のためにも、生きて帰ってこんとな」

跡取り息子は引き締まった顔つきで答えた。

「そんな験の悪いこと言わんとき。吉兵衛はんが死んだみたいやおまへんか」

おまつはそう言うと、験を直そうとするかのように海老煮を口中に投じた。

「下田で船を下りて、三島から東海道へ入って、お父はんを探してきますよってに」

太平が言った。

「似面、忘れんようにしときや」

おまつが言う。

「へえ。肌身離さず持っていくつもりで」

江戸から送られてきた吉兵衛の似面だ。

「箱根のあたりは追い剝ぎが出るそうやから」

おちえが案じ顔で言う。

「気ィつけるさかい、大丈夫や。お父はんを見つけて、一緒につれて帰ったるさかいに」

太平の声に力がこもった。

「あんまり無理せんときや」

おまつの声には情がこもった。

「分かってる」

太平はそう答えると、つややかな色合いの昆布巻きに箸を伸ばした。

二

三が日のあいだ床の間を飾った睨み鯛は、身をほぐして炊き込みご飯にした。

身が硬くなっているからそのまま食すわけにはいかないが、炊き込みご飯の具にすれば充分にうまい。鰻の頭などもそうだが、まだ食べられるものを捨てたりしないのがあきんどの町大坂だ。

おせちがなくなると七草粥の季《とき》になる。むかし、宇多《うだ》天皇が光孝《こうこう》天皇を偲《しの》び、中国の宮中行事にちなんで始めたのが由緒とされているから、これも上方が発祥だ。五臓六腑まであたたまる七草粥を味わい、滞りなく松が明けると、いよいよ大日丸の船出になった。

幸い、雲一つない冬晴れになった。風もさほど冷たくないから、浪花屋の家族は太吉もつれて見送りに出た。

「よし」

太平は帯をぽんと手でたたいた。

すでに支度は整っていた。なには屋の兄妹への土産は、かさばらない御守りと御札だ。何より心がこもっている。

「気ィつけて行きや」

おまつが言った。

「へえ、船から落ちんようにするさかい」

太平は戯れ言めかして答えた。

「ほれ、お父《とお》が船出やで」

おちえが太吉を渡した。

「ええ子にしてるんやで」

父はせがれの顔を覗きこんで言った。

「大坂へ戻ってきたときは、もうべらべらしゃべってるかもしれんな。『ようお帰りやす、お父はん』とか言《ゆ》うて」

太平は上機嫌で言った。

「よう言わんわ」

おまつも笑みを浮かべた。

「あっ、船頭はんや」

お付きで来ている番頭の忠造《ちゅうぞう》が手を挙げた。

鉢巻きを締めた精悍《せいかん》な男がゆったりと近づいてくる。

大日丸の船頭の巳之作《みのさく》だ。

船を統《す》べる船頭には、沖船頭と居船頭がいる。船主が船頭を兼ねるのが居船頭、船主に雇われているのが沖船頭だ。浪花屋に雇われた巳之作は沖船頭のほうだった。

「そろそろ出しますで」

船頭は張りのある声で告げた。

「よろしゅうお頼《たの》申します」

太平は赤子をおちえに戻してから頭を下げた。

「どうぞよろしゅうに」

おまつもていねいに頭を下げた。

「あんまり揺れんように、っちゅうても、こればっかりは風と波次第ですよってにな。ま、ぼちぼち行きまひょ」

海の男の日焼けした顔がやんわりと崩れた。

「ほな、お父とお別れや」

おちえが赤子の手をつかんだ。

「手ェ振ったり」

おまつが言う。

「きっと帰ってくるさかいにな」

太平がせがれの目を見て言った。

「さいなら、って」

おちえが太吉の手を振った。

「……おと、おと」

赤子なりに通じるものがあったのか、まだ言葉にならない声を発すると、太吉はわっと泣きだした。

「泣かんとき」

太平は言った。

「お父は帰ってくるさかい」

「そや。ええ子にしてたら、帰ってくるで。おじをつれてな」

おまつはそう言って、目元にそっと指をやった。

時が来た。

「ほな」

何かを思い切るように右手を挙げると、太平は大日丸に乗りこんでいった。

三

小さい船ならいざ知らず、弁才船の寄港地は少ない。

ひとたび大坂を出れば、まっすぐ江戸を目指す。ただし、順風満帆で航海がすべて進むことはあまりない。天候が芳しくなければしかるべき港に停泊し、待ちの構えを取ることもあった。

いちばんの難所は遠州灘《えんしゅうなだ》だ。古来、あまたの船がここで風と波を受けて難破の憂き目に遭った。いつしか岸を離れて黒潮に流されて漂流したり、命からがら岸にたどり着いたりした。

吉兵衛が乗った菱垣廻船もそうだった。船の命の帆柱を切り落として漂流した吉兵衛の船は、どうにか焼津の近くに漂着して助けられた。

本来なら焼津は寄港地ではない。下田を目指し、短い休みを取ってから江戸へ向かうのが正しい航路だった。

太平を乗せた大日丸は、初めのうちは順調に進んだ。紀州の田辺にも大島にも寄らずに熊野灘に入った。

菱垣廻船は荷の積み込みに時がかかる。下荷の算段をして積みこみ、すべての上荷がそろうあいだに、小回りの利く樽廻船はどんどん先に出航していた。

さまざまな航法のうち、常に岸が見えるところを進む地乗りは最も安全な船の進め方だ。ただし、速さは望めない。樽廻船との差を少しでも詰めるべく、岸から離れた沖乗りを選ぶことがもっぱらだった。

熊野灘へ出てから、風向きが怪しくなった。波も高くなった。慣れない太平は食い物も受け付けなくなってしまった。

いちばん下っ端の炊《かしき》がつくる鯛飯と潮汁《うしおじる》は、なかなかに野趣にあふれたうまさだったが、胃の腑に収めても戻してしまいそうだった。

「間切《まぎ》りで行くで」

楫取《かじとり》の信三《しんぞう》が大声で言った。

「へーい」

補佐役の片表《かたおもて》の小吉《こきち》が答える。

楫取はいまなら航海長だ。だれよりも海にはくわしい。ときには船頭に異を唱え、船を正しいほうへ導かねばならない。荷の重い役目だった。

間切り走りは年季の要る走らせ方だった。

向かい風のとき、帆を同じ向きにしていたらなかなか進まない。そこで、船の向きを頻繁に変え、間を切るように走っていく技が求められた。

「一気には行けんな」

船頭の巳之作が言った。

「鳥羽《とば》へ入りますか」

信三が問う。

「その手前の安乗《あのり》にしといたほうが無難やろ」

巳之作は答えた。

そのやり取りを聞いていた太平は、とにかく港へ入ってくれと願った。

胃の腑もそうだが、波に揺られているせいで、頭までぐらぐらと揺さぶられているような心地がする。

「ほな、安乗へ入りまひょ」

楫取はすぐさま答えた。

安乗崎の沖合は古くからの難所で、座礁して難破する船が後を絶たなかった。その先の鳥羽まで行くのが難しい場合は、安乗で自重するのがならいだ。突き出した岬の手前は波が穏やかだから、安んじて碇を下ろすことができる。

「よし、ひと晩、羽を伸ばしてもええぞ」

親仁《おやじ》の卯之助《うのすけ》が若い者らに言った。

親仁とは水主長《かこちょう》のことだ。

「へい」

「こりゃ楽しみで」

舵子《かじこ》（操舵手《そうだしゅ》）と水主が答える。

「あんまり羽目を外すなよ」

賄《まかない》の捨吉《すてきち》がクギを刺した。

炊事役は炊だから、賄料理をつくるわけではない。知久《ちく》もしくは岡廻りとも呼ばれる事務長だ。

楫取、親仁、賄が船頭を支える三役になる。ほかに、碇を担う碇捌《いかりさばき》も大事な役目だ。

総じて、十人余りの乗組員だ。さすがは海の男たちで、蒼い顔をしているのは太平だけだった。

ひと晩港で待つことになった海の男たちは、勇んで船を下りていった。港には遊女がいる。なかには船を訪れてあきないをする女もいるほどだ。

むろん、太平は女など寄せつけなかった。おちえと太吉の顔を思い浮かべながら、体を休めることにつとめた。

翌朝も天候は決して芳しくなかった。

「もう一日、待ちまひょか」

楫取の信三が船頭にたずねた。

「できれば行きたいとこやが」

巳之作は渋い顔になっていた。

一日でも早く江戸へ荷を届けたいところだが、難破してしまったら元も子もない。

「難しいとこですな」

片表の小吉が首をひねった。

舵子や碇捌などの声も聞いたが、読みづらい天候と風向きで、半々に分かれた。

「どないしまひょ」

船頭は太平にも訊いた。

「……任せます」

太平としてはそう言うしかなかった。

「なら……難儀は覚悟で、行くか」

「へい」

船頭は断を下した。

「わいらの腕の見せどころで」

「荒波越えて、行きまひょ」

海の男たちは答えた。

四

菱垣廻船大日丸は、再び碇を上げた。

安乗崎の沖合に出ると、強い風が吹きつけてきた。

ただし、斜め後ろからの追い風だ。

帆を上げ、遠州灘のほうへ一路進んでいく。

だが……。

ここで案じていたことが起きた。

季《とき》は冬。遠州灘では北西の風が吹く。その風があまりにも強くなったら、前へ進むことがかなわなくなってしまう。

それだけならまだいい。じわじわと風に圧され、沖合へ流されでもしたら、どんどん陸地から遠ざかってしまう。そういう罠《わな》にかかって漂流の憂き目に遭った船は枚挙にいとまがなかった。

「船頭はん！」

楫取の信三が切迫した声をあげた。

「こらあかんな」

巳之作がすぐさま言った。

「帆を下げまひょか」

信三が訊く。

「しゃあない。つかせ、や」

船頭は断を下した。

「へい。つかせや、つかせや」

楫取の大声が響いた。

「つかせやで」

片表の小吉も和す。

向かい風や横風で前へ進むのが難しくなったときは、帆を下ろして風に逆らわないようにして天候の回復を待つ。これをつかせと呼ぶ。

太平は船の奥でなるたけ動かないようにしていた。安乗でいったん陸へ上がったからいくらか人心地がついたが、また沖で波に揺られていると気が気ではなくなってきた。

思い過ごしかもしれないが、じわじわと沖へ流されているような気がする。

「このまま漂流したりしまへんやろか」

賄の捨吉に向かって、太平はおずおずとたずねた。

「これくらいはようあることで」

捨吉は一笑に付した。

「流されそうになったら、碇を下ろしたらええんで。まだまだなんぼでも手ェはありますわ」

年かさの賄が言った。

「船に水が入ってきてるわけとちゃいますさかいにな」

半ばはおのれに言い聞かせるように、太平は言った。

とともに、父の吉兵衛が難破したときの心中を思いやった。

つかせで沖に停まっているだけでこれほど心細いのに、嵐に巻きこまれて水がどんどん入ってきたらどんなに恐ろしいだろう。

しかも、せっかく積みこんだ荷を海中に投げ捨てる刎荷を行ったり、菱垣廻船の命とも言うべき帆柱を切り落としたりしなければならなかったのだ。まさに断腸の思いだっただろう。

（逆風に弱いとこがあるお父はんが、おのれがだれか分からなくなってしまうのもしゃあないかもしれへんな）

おのれも廻船に乗りこんで荒波に揺られてみて、太平は肌身にしみてそう思った。賄の捨吉はこれまで耳にした漂流の話を聞かせてくれた。北は択捉《えとろふ》、南は呂宋《るそん》。途方もない遠方まで流されてしまった船の話を、太平はあいまいな表情で聞いていた。

夜になっても、天候はいっこうに回復しなかった。

風の音が恐ろしかった。まるで魔物が哭《な》いているかのようだ。

「あかん。たらしや」

巳之作の声が響いた。

「たらしで行くで」

信三がすぐさま伝える。

つかせの途中で風に流されそうになったときは、碇を下ろして重心を安定させる。出発時にもう一度引き上げなければならないから手間はかかるが、背に腹は代えられない。

碇捌の腕の見せどころが来た。荒波に揺られた船が右に左に傾くから難儀だが、首尾よく碇は下ろされた。

それから夜が明けるまで、太平はまんじりともしなかった。いつ水が入ってくるかと気が気ではなかったのだ。

だが、東の空に御恩《ごおん》のような日が昇る頃合いになると、海はしだいに静まってきた。

「よっしゃ、行けるで」

船頭の声が弾んだ。

「おーい、碇を上げるで」

楫取が言う。

「へーい」

「たらしは終わりや」

「帆ォも上げられるで」

大日丸はにわかに活気づいた。

ふうっ、と一つ、太平は息をついた。

そして、朝の光に染められていく大海原を見渡した。

少しずつ青みをよみがえらせていく海は、たとえようもないほど美しかった。

五

その後の航海は順調に進んだ。

下田に入れば、あとは風を待って江戸へ向かうばかりだ。

ただし、太平は下田で大日丸を下り、天城《あまぎ》を越えて下田街道を三島へ向かうことになっていた。

「江戸まで乗っていったらよろしのに」

すっかり打ち解けた賄の捨吉が言った。

「いやいや、お父はんを探さなあきまへんので」

太平は手を振って答えた。

「街道のほうになんぞ手がかりでもありますのん？」

捨吉が訊く。

「いや、これといった手がかりはないんですけどな、焼津から東海道を江戸へ向かったら、箱根の関所がありまんが」

「へえ」

「前に難破したとき、お父はんは江戸へ行くつもりやったんで手形は持ってまへんでした。もちろん、筋を通してわけを言うたらお役人が通してくれることもあるみたいですけどな、おのれがだれか分からんようになってるのに、それがでけたかどうか」

太平は首をひねった。

「でけへんかったら、関所で引き返したと」

賄は腕組みをした。

「そうですねん。もしそうやとしたら、関所の手前の三島宿で下足番でもやっててもおかしないんとちゃうかなと」

太平は読み筋を示した。

「なるほど。それで下田から難儀な天城越えにしますのんか」

捨吉は得心のいった顔つきになった。

「そうですねん。まあ、お父はんは口の回るほうやったんで、おのれがだれか分からんでも、お役人にうまいこと言うて関所を通って江戸へ向かったかもしれへんのですけどなあ」

太平はややあいまいな表情で言った。

「そら、行ってみんと分かりまへんな」

賄が笑みを浮かべた。

「そうですねん。ま、天城越えが難儀や言うても、湯治場もありますし、波に揺られることもないんで」

太平もそう言って笑った。


荒波越えて、大日丸は下田に無事着いた。

みなに送られ、太平は菱垣廻船を下りた。

「世話になりました、皆さん」

浪花屋の跡取り息子はていねいに頭を下げた。

「ああ、気ィつけて」

船頭が右手を挙げた。

「江戸へ着いたら、本八丁堀のなには屋へ行ってやってください」

兄の顔で、太平は言った。

「荷下ろしが終わったら、皆で行きますわ」

「こら楽しみや」

「ちゃんと伝えときますんで」

大日丸で同じ釜の飯を食ってきた海の男たちが口々に言った。

「ほな、また。さいなら、ごきげんよう」

船酔いしているときとは打って変わった笑顔で、太平は皆に手を振った。

第十章　ええとこどりの味

一

大坂からは、先に文が届いた。

母のおまつからだった。

こちらは無事、正月を迎えた。赤子の太吉も元気にしている。太平が大日丸に乗りこんで江戸へ向かうから、着いたらよしなに。

おさやの縁談、富田屋の肝煎《きもい》りなら、顔をつぶさぬように。

そんなことがおまつらしく簡潔に綴《つづ》られていた。

その縁談は、思わぬかたちで進むことになった。

「池田屋さんと話をしていたんだが、あんまり構えた見合いじゃなくてもかまわないかい？」

なには屋の二幕目にのれんをくぐってきた富田屋仁左衛門がたずねた。

「ええ、それはもう、お任せしておりますので」

おさやが答えた。

「どこぞの料理屋で構えた見合いというのも、気が張るばっかりやろし」

次平も言う。

「まあ、それに、いまはすっかり良くなったようなんだが、池田屋の五男の宗吾《そうご》さんは、師走《しわす》にちょっと体を悪くされてね。それもあって、日取りをきちっと決めた見合いじゃないほうがいいだろうっていう話になったんだ」

菱垣廻船問屋のあるじは言葉を選んで言った。

「体は弱いほうですのんか？」

次平がやや案じ顔で訊いた。

「いやいや、そんなわけじゃないんですが」

番頭の富蔵が先に答えた。

「いまなら厨に入って立ち仕事もできるだろうっていう話だよ。包丁仕事はわらべのころから好きだったらしいからね」

仁左衛門が表情をやわらげた。

「なら、うまいことといったら、千軒は無理にしても、二軒目のなには屋ののれんを出せるかもしれまへんな」

次平が乗り気で言った。

初めのころは閑古鳥が鳴いていたが、なには屋はすっかり常連が増え、ありがたいことに昼の膳は必ず売り切れるようになった。

普段は江戸風の濃い味つけを好んでいる者も、何かの機になには屋の料理を無性に食べたくなったりするらしい。前の晩から水につけた昆布に、味を出して沈むまでじっと待った鰹節。ていねいに引いた黄金色《こがねいろ》の命のだしを下地に使ったなには屋の料理は少しずつ人の心をつかんでいた。

「そりゃあ、いいね」

「夢が広がりますね、旦那さま」

富田屋の主従の顔がほころんだ。

「まあそんなわけで、あとはお楽しみということにしておこうか」

仁左衛門は少し思わせぶりなことを言って腰を上げた。

「お楽しみ、ですか？」

と、おさや。

「近いうちに分かるよ、ふふ」

江戸の後ろ盾は、最後に妙な含み笑いをした。

二

その日の昼膳は、海老天うどんと茶飯を合わせたものだった。

初めのうちは寒鰈の煮付けを顔にしようかという相談をしていたのだが、それだと数が足りない。そこで、一尾ずつなら足りる海老に代えることにした。

物足りないところはうどんにして、ほかに椎茸や青菜や蒲鉾を入れて華やぐようにすればいいだろう。茶飯を添えれば、なおのこと食いでが出る。

そんな按配で、うどんと天麩羅と茶飯だから合戦場のような忙しさになったが、なんとか力を合わせて乗り切った。

「お運びはおいらもやってやるからよ」

「あわてずにやんな、おつるちゃん」

常連客からそんな声が飛んだ。

おつるがうっかり茶飯を膳に載せ忘れたのだ。

「相済みません」

背の高いお運びの娘が謝る。

「すんまへんな、お客さんに手伝《てつど》うてもろて」

次平も平謝りだ。

そんな様子のなには屋を、座敷の隅に陣取ってじっと見ていた二人づれがいた。どこぞの商家のあるじと、若い手代という感じのいでたちだ。

昼の膳をゆっくり味わい、何事か小声で話をする。

ことに、おさやの動きを目で追うことが多かった。年かさも年若も、なには屋の若おかみに興味津々の体《てい》だった。

そのわけは、ほどなく分かった。

「相済みません、昼の部のあとは中休みにさせていただきますので」

なかなか腰を上げない二人の客に向かって、おさやはすまなそうに言った。

「ああ、すまないね。働きぶりを見させてもらってたんだ」

年上の客が言った。

「名乗りを上げずに、相済まないことで」

若いほうが頭を下げる。

「もしや……」

厨で片付け物をしていた次平の表情が変わった。

おさやもはっとしたような顔つきになる。

「その、もしやでございます」

年上の客は笑みを浮かべると、もう一人の若者に言った。

「おまえから名乗りなさい」

お付きの手代かと思われた客は、一つうなずいてから告げた。

「南新堀の下り酒問屋、池田屋の宗吾と申します」

三

「富田屋の仁左衛門さんと相談して、こういうかたちにさせていただきました。なんだか忍び仕事みたいで、相済まないことで」

池田屋のあるじの文造《ぶんぞう》が重ねてわびた。

正体を告げて、二幕目が開くまで居続けている。そろそろ肴もできる頃合いだ。

「うちのほうを見られてるみたいやなあ、とは思てたんですけど」

おさやが少し恥ずかしそうに言った。

「ごめん。でも、いい働きぶりで、お客さんにかける声も感じが良かったよ」

宗吾は白い歯を見せた。

細面《ほそおもて》で鼻筋の通った、なかなかの男っぷりだ。昨年の暮れに体調を崩していたということもあり、顔色こそいま一つだが、瞳に宿る光はあたたかい。

(優しそうなお人やわ……)

おさやはまずそう思った。

「おつるちゃんと張り合ってやってますから」

二幕目が始まったところで上がりになる娘のほうを指さして、おさやは言った。

「張り合いじゃなくて」

おつるが張り手を見舞うしぐさをする。

「相撲やないんやから」

次平が笑った。

「ほんとに張り合いになったら、わたしが勝ってしまうかも」

「そら、勝てんわ。手ェが長いさかい」

「今度やってみます？」

おつるがいたずらっぽく問う。

「やめとくわ。顔が腫《は》れたらかなんさかい」

「うふふ」

そんな按配で、おつると次平の掛け合いは、このところとみに弾むようになった。

「なら、ごゆっくりどうぞ」

池田屋の二人に声をかけ、おつるはなには屋から出ていった。

それと入れ替わるように、南町奉行所の二人がのれんをくぐってきた。

垣添与力と松木同心だ。

今日は朝のうちだけ奉行所に詰め、与力はこれから屋敷で書き物、同心は例によって隠密廻りに出るらしい。今日のいでたちはわらべに人気の飴《あめ》売りだ。

「そうかい。なには屋へ探りを入れに来たのかい」

垣添与力がそう言って、寒鰤の三種盛りに箸を伸ばした。

身ばかりでなく、肝と縁側も品よくともにのせた小粋な肴だ。

「探りというわけではないのですが、素《す》のなには屋さんとおさやさんを拝見したかったものですから―

池田屋の文造がそう弁解した。

「富田屋は知恵があるからね。構えた見合いより、そのほうが良かったかもしれない」

松木同心が笑みを浮かべる。

「さようでございます。こうして、おいしいものもいただけましたし」

下り酒問屋のあるじが肴を口中に運んだ。

「鮃の肝って、こんなにおしいかったんだね」

宗吾がおさやに微笑《ほほえ》みかけた。

「ええ。塩をあててからお湯にくぐらせて、水で締めてますよってに」

おさやが答える。

「ていねいな仕事をしてるんだね」

宗吾はうなずいた。

「昼はここまで凝ったもんはお出しできませんので」

と、次平。

「二幕目に、ゆっくりやらせてもろてます」

料理人の新吉がさりげなく包丁をかざした。

船べりの席は与力と同心、小上がりの座敷は池田屋のあるじと五男。それぞれに肴が次々に供された。

鯛のあら炊きには牛蒡を添える。おのずと酒が進む肴だ。

さすがに下り酒問屋だけあって、刺身にはこれ、煮物にはこれ、と座敷の客はいちばん合う酒を思案しはじめた。

「ちょっと厨を見させてもらってもいいかい？」

池田屋のあるじが訊いた。

「どうぞどうぞ。お酒はいろいろ入ってますんで」

次平が身ぶりをまじえて答えた。

宗吾も父とともに厨をあらために入った。立っておさやと並ぶと、ちょうどいい具合の背丈だ。

「おや、猫がいるね」

裏手のほうから戻ってきたきちを宗吾が指さした。

「きち、という名で、うちの猫なんです」

おさやが答える。

「利発そうな顔をしているね」

宗吾が笑みを浮かべた。

「宗吾さんは、猫はお好きなんですか?」

おさやがたずねた。

「蔵に居ついた猫にえさをやったりしていたよ」

と、宗吾。

「この子は心持ちが優しいので」

文造が言った。

「おお、よしよし」

臭いをかぎにきたきちの首筋を、池田屋の五男は優しくなでてやった。

その様子を見ていた与力と同心は、小声で何事か話をしていた。

「宗吾はんは包丁仕事もしはるそうですな」

次平が声をかけた。

「体の具合がいいときは釣りに行って、獲った魚をさばいて家族に食べてもらったりしています」

宗吾が答えた。

「どんな魚です?」

おさやが問う。

「鱚《きす》とか鯊《はぜ》とか、いろいろ釣るよ。今度教えてあげよう」

若者は邪気のないまなざしで答えた。

「わあ、楽しみ」

と、おさや。

「問屋はんの手伝いはしてはるん？」

次平がたずねる。

「兄たちは荷下ろしなども手伝っているんですが、わたしはあまり力がないもので」

いくらかあいまいな表情で宗吾は答えた。

「包丁なら、そんなに重かねえからよ」

垣添与力が戯れ言めかして言った。

「はい。できることなら、なには屋さんで修業をさせていただければと」

宗吾は控えめに答えた。

「だったら、そのうち二軒目ができるかもしれないね」

松木同心がのれんのほうを指さす。

「うちと宗吾さんが？」

おさやの顔がいくぶん赤くなった。

「そら、まあ、すぐ決めんでもええがな」

次平が言った。

「そやね。お兄ちゃんもそろそろ江戸へ来るし、そこでまた相談したらええわ」

おさやがうなずく。

「大坂からまたこいつが来るんだな?」

与力が船べりの席をとんと手でたたいた。

「へい。太平兄さんは下田で船を下りて、お父はんを探しながら江戸へ向かう段取りですねんけど」

次平の顔つきがいくらか陰った。

「無事に着いてくれたらええのやけど」

おさやも言う。

このところ、近所の神社へお参りを欠かさない。父に続いて長兄まで難破の憂き目に遭ったりしないように、毎日神様に無事を祈っていた。

「その話は富田屋さんからうかがったけれど、早く見つかるといいね」

池田屋のあるじが言った。

「なには屋にはちょうどいい按配の風が吹いてきた。こういうときには、積年の煩い事がきれいに解決したりするもんだ」

垣添与力も励ますように言う。

「そうでんな。そう思てやらにゃ」

次平がうなずいた。

「気張ってやりまひょ」

おさやが笑みを浮かべる。

「料理やったら、なんぼでも教えますよってに」

新吉が宗吾に言った。

「よろしゅうに」

宗吾が上方なまりで答えたから、なには屋に和気が満ちた。

四

大日丸の船乗りたちがなには屋ののれんをくぐってきたのは、それから間もない昼下がりのことだった。

「あっ、ここやここや」

「あったで」

「廻船料理なには屋って書いてあるわ」

「ええ構えやないか」

表で上方なまりの声が飛んだかと思うと、そろいの半纏の船乗りたちがどやどやと入ってきた。

「あっ、船頭はん」

次平の顔がぱっと晴れた。

船頭の巳之作とは、むろん顔なじみだ。

「ようこそのお越しで」

おさやも満面の笑みで迎えた。

「おっ、うわさどおりやな」

楫取の信三が目を瞠った。

「ようでけてるわ」

親仁の卯之助が感に堪えたように言う。

「こら、ごっつい」

「ごっついなあ」

菱垣廻船の垣立を模した船べりの席を指さし、若い水主や炊たちが言う。

ごっつい、とは、江戸なら「すげえ」だ。

「まあま、大坂からはるばるようご無事で」

おさやはそう言って続けざまに瞬きをした。

「お父はんのことがあったさかい、妹は毎日お参りしてましてん」

次平はおさやを指さした。

「そう続けざまに沈んだらかなんがな」

船頭が苦笑いを浮かべて船べりの席に腰を下ろした。

ほかの面々も続く。座れない下っ端は土間だ。

「で、太平兄さんは無事で？」

おさやがたずねた。

「下田で下りて、三島へ向かったよ」

巳之作がすぐさま答えた。

「途中で荒波に遭って沖で停まったりしたから、だいぶ蒼くなってたがな」

賄の捨吉が言う。

「そりゃ、しゃあないわ」

「普段から乗ってるわけちゃうさかい」

楫取と親仁の日焼けした顔がほころんだ。

「なら、そのうちここへ来るかもしれないね」

座敷に陣取っていた上総屋の隠居の善蔵が言った。

「陸路だとだいぶかかりましょうか」

お付きの手代がたずねた。

今日はそれまでの丈助ではなく、松之助《まつのすけ》という若者だった。

丈助はかねてより「おさやちゃん、おさやちゃん」と事あるごとに調子よく声をかけていた。それが、このあいだ来たとき、おさやに縁談が持ち上がったという話を聞いて、急にあいまいな顔つきになってしまった。

隠居の話によると、お付きはそろそろ若い者に譲って、お店の仕事をもう少し腰を入れてやってみたいと丈助から代わりを申し出たらしい。だいぶ思いつめた様子だったようだ。

それを聞いた次平はおおよそのわけを察したが、あえておさやには何も言わなかった。

「そりゃあ、下田から江戸まで船で行ったほうがずっと速いさ」

醤油酢問屋の隠居は船べりの席を手で示した。

「風が良けりゃ、すーっと来られるんでな」

船頭が身ぶりをまじえる。

「遠州灘さえ乗り切ったら、こっちのもんや」

楫取が笑みを浮かべた。

酒が来た。

下り酒の大徳利をさしつさされつしているうちに、肴も次々にできあがった。

寒鰈の煮つけ、刻み昆布と合わせた大根の浪花漬け、高野豆腐《おこやさん》と椎茸の含め煮。どれもまっすぐで心のこもった料理だ。

「ええ味が出てるな」

「浪花の味や」

「それでいて、江戸の気っ風《きぶ》も入ってる」

大日丸の乗組員たちの評判は上々だった。

「気っ風って、食うて分かるんか?」

「そう分かるで。浪花の味つけでも、気持ち濃いめやないか」

「なるほど、そう言われてみたらそやな」

「上方の味と江戸の味、両方のええとこを取ってるねん」

「ええとこどりの味のなには屋やな」

話がそうまとまった。

とりわけ好評だったのは、蓮根《れんこん》のはさみ揚げだった。

芝海老をしんじょにして蓮根の穴に詰め、衣につけてからりと揚げる。さくっとかめば、やにわに海老の香りが飛び出してくる小粋なひと品だ。

「おお、これは江戸やな」

「江戸や、江戸や」

「はるばる来た甲斐があったで」

長い航海を終えてきた海の男たちは能弁だ。

「またはるばる帰るんだろう？」

座敷から上総屋の隠居が声をかけた。

「そら、ずっと江戸にいるわけにもいきまへんので」

「いまは古着を集めて載せはじめてるとこで」

「段取りがついたら、また長旅ですわ」

料理に舌鼓を打ちながら、大日丸の面々が答えた。

「古着を大坂へ運ぶんですか？」

手代の松之助がややいぶかしげな顔つきになった。

「いや、帰りは北廻りで」

「古着はおおかた仙台で下ろすんや」

「そこからみちのくのほうぼうへ売られていくねん」

「仙台でまた荷を入れたら、あきないにもなるしな」

大坂から来た男たちが教える。

「潮に逆らって、江戸から大坂へ戻るのは剣呑《けんのん》だからね。ぐるっと回って、あきないをしながらのんびりと大坂を目指すんだよ」

物知りの隠居が手代に教える。

「みちのくはいろいろ米どころがありますさかいにな」

賄の捨吉が言う。

「酒田に新潟、加賀の金沢、ほうぼうで積みこんだ米がまたうまいこれに化けたりするんや」

揖取の信三が猪口をかざした。

上総屋の主従はほどなく腰を上げたが、大日丸の面々はなおも腰を据えて呑みつづけた。

話題になったのは、おさやの縁談だった。

「こないだは、宗吾はんと一緒に芝居を観にいったんですわ」

次平がうれしそうに言った。

「そうかい。なら、祝言も近いな」

「大日丸が大坂へ戻って、大おかみに伝える前に子ォができてるぞ」

「そらちょっと早すぎるで」

だいぶ酒が回ってきたから、折にふれて「子ォができる」と言われて、おさやは顔を赤らめた。

「そやけど、下り酒問屋のせがれなら、ちょうどええ縁やないか」

「ええ酒をまけてくれるさかい、見世のもうけになるわいな」

「そら、ええ按配や」

海の男たちは口々に言った。

まける、とは値引きするということだ。

「で、婿はんが来たらどうするんや？　包丁の心得があるて言うても、厨に入ったら狭いやろ」

　巳之作がたずねた。

「そうですねん」

　次平は一つうなずいてから続けた。

「幸い、繁盛してきたんで、この追い風に乗って、おさやと宗吾はんとで、お父はんの夢を一歩だけ進めたらどないかと思てるんですがねえ」

「千軒のなには屋ののれんを出すのが、お父はんの夢でしたんで」

　おさやは言葉を補った。

「ほな、二軒目やな」

　巳之作が呑みこんだ顔で言った。

「へえ。まだどこへ出すとか、何にも決まってまへんのやけど」

　と、次平。

「その前に祝言は？」

　片表の小吉が問うた。

「それはまあ、太平兄ちゃんに知らせてから決めよかと」

　おさやが答えた。

「できれば、兄ちゃんにも出てもらいたいんで」

次平の表情がゆるんだ。

「ほんまは、お父はんにも出てもらいたいんですけど」

おさやはあいまいな顔つきになった。

「どこで何してんのかいな、浪花屋の大旦那はんは」

船頭は苦笑いを浮かべた。

「兄ちゃんが街道筋で見つけてくれたらええのやけど、そううまいことといくかいな」

次平は首をかしげた。

「待ってたらええ風も吹いてくるで」

船頭が情のこもった声音で言った。

「そや。荒波越えて江戸へやってきたわいらが福の神やで」

「福をつれてきたってん」

「大旦那はんも、ふっと我に返ってここをたずねてくるやろ」

「明けへん夜はあらへんさかいにな」

海の男たちはそれぞれの言葉で励ましてくれた。

それを聞いて、おさやの胸に熱いものがこみあげてきた。

父の吉兵衛の顔と声が、まるでそこにいるかのようにありありと思い出されてきたからだ。

五

同じころ――。

上野広小路から路地を入ったところの煮売り屋で、蛸《たこ》と焼き豆腐の煮物を肴に一人の男が酒を呑んでいた。

渋い顔だ。

味醂に毛が生えたような安酒だから、のどをうまく通らないほどだった。

肴の味つけも濃い。どうにも舌に合わなかった。

男は大福餅の棒手振りだった。

むかしからやっていたわけではない。江戸へ来てから仕事を探し、やっとありついたつとめだった。

湯島の長屋で雨露をしのぎ、棒手振りの元締めのところへ顔を出し、大福餅を売って日々をしのいでいる。

煮売り屋には、ほかにも客がいくたりかいた。

どうやら下り酒問屋で荷運びなどをしているようだ。そろいの半纏をまとった男たちはみな屈強な体つきをしていた。

「今日はおいらがおごってやるぜ。去年の暮れの新酒《にいざけ》運びじゃ、だいぶもうけさせてもらったからよ」

一人が気前よく言った。

「おお、ありがてえ。おいらはかすりもしなかったからな」

「おいらも」

そのつれが言う。

「そりゃ、木津屋が勝つっていう評判だったからよ。新酒番船の競争じゃ、しばらく負けなしだったから」

「そこを兄ィは逆張りで」

「まさか木津屋が負けるとはなあ」

「飛ぶ鳥を落とす勢いの樽廻船問屋だから」

その話を聞いていた棒手振りの表情がふと変わった。

「木津屋……樽廻船……」

そう独りごちて、ぐい呑みを置く。

「樽廻船はもうかってるんだろうな」

「菱垣廻船は旗色が悪くて、だいぶ減っちまったって聞いたがよ」

「下荷の酒が樽廻船のほうへ行くようになっちまったから、そりゃしょうがねえさ」

男たちはなおもわいわいしゃべっていた。

そこへ、おずおずと棒手振りが近づいた。

「えらいすんまへん。その木津屋っちゅうのは大坂の樽廻船問屋はんでんな?」

だしぬけにそう切り出す。

「おう、そうでえ」

「おめえさん、上方の出かい?」

「へえ。去年、こっちへ出てきましてん。関所を通してもろて」

棒手振りは答えた。

箱根の関所では、包み隠さずいきさつを述べた。

乗っていた船が難破して、命からがら焼津から陸に上がった。さりながら、難破のせいで心に傷を負ってしまったらしく、おのれがだれか、どうしても思い出せない。江戸へ行こうとしていたことだけはかろうじて憶《おぼ》えている。せがれか娘か、それもまだ思い出せないが、江戸にいる親族のもとをたずねるつもりだった。

江戸に着きさえすれば、雲の切れ目から晴れ間がのぞくように、「ああ、そうだった」とおのれのことを思い出すだろう。船で行くつもりだったから通行手形は持ち合わせていないが、どうか関所を通していただきたい。江戸へ行けば、何もかも思い出すから。

懸命にそう懇願したところ、言葉に真心がこもっていたおかげか、運よく情の厚い役人に当たったのか、首尾よく関所を通ることができた。

だが……。

江戸へ来たものの、おのれがだれか、思い出すことはできなかった。何の手がかりもなかった。いまのいままでは。

「そうかい。木津屋ってのは、大坂でいちばん羽振りのいい樽廻船問屋だ。新酒の番船競争じゃ、ずっと東の大関だったんだがよ」

「それがころっと負けちまったんだ」

「あこぎなことをやってる報いだっていう噂だぜ」

一人が唇をゆがめて言《ゆ》った。

「あこぎなこと、と言わはりますと?」

上方から来た棒手振りは問うた。

「菱垣廻船問屋の娘と縁談が決まってたのに、左前の菱垣廻船より同業で羽振りのいい樽廻船問屋のほうが良かろうとあっさり乗り換えやがったっていう話だ」

かしら格の男が答えた。

「そりゃ銭のあるとこと縁組したほうがいいからな」

「でもよう、義理ってもんがあらあな」

「人の道もな」

「ま、そんなわけで、木津屋の番船にゃいい風が吹かなかったっていう噂だ」

「そうでっか……えらいすんまへん」

男は礼を言って客の群れから離れた。

にわかに頭が痛くなってきたのだ。

棒手振りはおのれのこめかみを指でもんだ。

さらに酒を呑む。

ややあって、その瞳の奥に、だしぬけに一条の光が浮かんだ。

終章　玉子とじ淀川丼

一

「なら、上がらせてもらいます！」

おつるのいい声が響いた。

「ああ、今日も気張ってくれて、おおきに」

次平が明るい声で言った。

「へい、まいど」

おつるがおどけたしぐさで応《こた》えたから、なには屋じゅうがぱっと華やいだ。

「今日のお昼も売り切れたし、おつるちゃんのおかげやわ」

おさやが礼を言う。

「みんなで力を合わせてるからですよ。なら、お先に」

おつるは笑顔で言って、なには屋から出ていった。

今日の昼の膳は、玉子とじ淀川丼の膳だった。

あさりを使った深川めしは江戸の名物だが、それに向こうを張った淀川丼はふんだんに獲れる青柳《あおやぎ》を使う。こちらも長葱などと合わせ、いい按配にゆでると身がぷっくりとしてうまい。

先だってより、貴重な玉子が入るようになったので、今日は玉子とじにした。ほかほかの飯にぷりぷりの貝、それになには屋の命のだしを張り、ふわふわの玉子をのせる。さらに、あぶった海苔《のり》を散らせば、玉子とじ淀川丼の出来上がりだ。

これに青菜のお浸しの小鉢と香の物、それにだしの香る豆腐汁がつく。なには屋の昼膳は今日も好評のうちに売り切れた。

「あれっ」

ややあって、二幕目に備えて拭き掃除をしていたおさやが顔を上げた。

表であわただしい下駄《げた》の音が響いたのだ。

ほどなく、息せききっておつるが飛びこんできた。

「どうしたの？　おつるちゃん」

「忘れ物かい？」

おさやと次平がたずねた。

おつるは首を横に振ると、胸に手を当てて息を整えてから告げた。

「大坂から、お兄さんが来ましたよ」

二

ほうっ、と一つ、太平は息をついた。

二幕目のお客さんのために、あといくつか玉子とじ淀川丼を出せるようにしてあった。その一つを、いま長兄の太平が味わいだしたところだ。

「どうや？　お兄ちゃん」

次平が問う。

「これやったら、お客さんも喜びはるやろ。うまいし、盛りもええ」

廻船問屋浪花屋の長兄は太鼓判を捺《お》した。

なには屋ののれんをくぐってきたのは、太平だけではなかった。江戸の後ろ盾の富田屋仁左衛門と大日丸の船頭の巳之作も一緒だった。太平はまず菱垣廻船問屋をたずねてからなには屋に向かってきたらしい。

その二人にも膳が出た。

「なら、わたしはこれで」

成り行きでお運びをしてから、おつるは仕切り直しでまたあいさつをして出ていった。

「おおきに、な」

太平が手を挙げた。

「どうぞごゆっくり」

おつるは笑顔で言った。

「こりゃあ、いよいよ追い風に乗ってきたね」

丼を食すなり、仁左衛門が目を細めた。

「昼は食うてあったんやが、これならなんぼでも胃の腑に入るわ。うまいで」

船頭も満足げに言った。

「ほかにもいろいろでけますよってに」

厨から新吉が言った。

「しばらく見んうちに、ええ面構えになったな」

太平が言う。

「へい、おおきに」

若い料理人が頭を下げた。

「ああ、そや。これを先に言うとかんと」

太平はいったん箸を置いた。

「吉兵衛さんは江戸にいるかもしれないよ」

先んじて仁左衛門が告げた。

「お父はんが？」

「何で分かったんです？」

兄妹の声がそろった。

「三島から箱根の関所を越えるときに、お役人に訊いてみたんや。そしたら、船が難破しておのれがだれか分からんけど、江戸に身内がいるさかい通してくれと頼んだ人がいたっちゅう答えでな」

太平はそこまで言うと、今度は汁の椀に手を伸ばした。

「お父はんや」

「間違いあらへん」

また声がそろう。

「似面を見せたら、この人やとすぐ返事があったさかい」

太平はそう言うと、うまそうに汁を啜った。

「なら、そのうちふらっとのれんをくぐってきはりますやろ」

巳之作が笑みを浮かべた。

玉子とじ淀川丼の膳が終わったところで、酒が出た。池田屋が差し入れてくれた上等の下り酒だ。

それを呑みながら、話はおのずとおさやの縁談に移った。

「で、縁談はどうなったんや。うまいこといってるんか？」

兄の顔で、太平はたずねた。

「まあ、ぼちぼちで」

おさやはあいまいな顔つきで答えた。

「ぼちぼちとちゃうやろ？　あとは祝言を挙げるばっかりや」

次平がたきつける。

「太平さんはしばらく江戸に？」

富田屋のあるじがたずねた。

「へえ。もう船はかなんさかいに、機を見て街道筋を帰りますわ」

太平はちらりと船頭の顔を見てから言った。

「なら、おさやと宗吾はんの祝言に出てから帰ってや」

次平が言う。

「そうさしてもらうわ。お母はんには何よりの土産やな」

浪花屋の若旦那はいい笑顔になった。

「あとは吉兵衛さんが見つかって、次平さんも身を固めれば言うことなしだね」

仁左衛門がそう言って、猪口の酒を干す。

「そや。おまえはええ人おらんのか？」

兄が弟にたずねた。

「うっ、まあ……まだおらん」

次平はにわかにうろたえた表情で答えた。

「なんや、当てはありそうやな」

と、太平。

そのやり取りを聞いていたおさやは、急に含み笑いをした。

「おまえは知ってるのか」

すかさず太平が問う。

「ひょっとしたら、あの人やろか、と」

おさやは答えた。

「おまえは余計なこと言わんでもええ」

次平は顔を真っ赤にして言った。

「まあええわ。とりあえず、おさやの祝言やな。婿はんもなには屋で働くんか」

太平がさらにたずねる。

「まず厨で段取りを覚えてもらおと思て」

おさやが答える。

「そりゃ、ますますにぎやかになるね」

富田屋のあるじが笑った。

「これで吉兵衛はんが顔を出したら、盆と正月がいっぺんに来たようなもんやな」

船頭の日焼けした顔もほころんだ。

る。

三

太平はそのままなには屋に泊まることになった。明日の昼膳からは、客の前にも出る。

富田屋と船頭が引き上げたあとも、常連がいくたりものれんをくぐってきた。冬扇とおすが、垣添与力と松木同心。みな大坂からはるばるやってきた浪花屋の跡取り息子を心から歓迎した。

「帰りは街道筋なら、ややこのもとへ無事帰れるな」

垣添与力が太平に言った。

「へえ。船はもうこりごりで」

太平はいくたびも首を横に振った。

「廻船問屋の跡取りなんだから」

松木同心が笑みを浮かべる。

「いや、それはそれ、これはこれだす」

よほど荒波の揺れがこたえたのか、太平はそう言った。

「で、祝言はここでやるのかい」

だし巻き玉子をひと切れ食してから、与力がたずねた。

「へえ。よそさんを借りるのも何ですし、昼から貸し切りでやらせてもらおと思てます」

次平が答えた。

「腕によりをかけてつくりますさかい」

新吉が腕まくりをした。

その後も祝言の段取りの話が進んだ。町方はつとめにもよるが、だれかは顔を出すことになった。冬扇とおすがは余興の役目だ。ここはぜひとも、おめでたい甚句を披露してもらわねばならない。

次平も手伝い、肴は次々に出た。

味噌もほっこりと甘い風呂吹き大根、海老と鶏肉も入ったかぶら蒸し、蕪はもう一品、鯛のあら炊きと合わせた鯛かぶら、鰆《さわら》のちり蒸しに独活《うど》との炊き合わせ。

どの料理も、ええとこどりの味つけだ。

「これやったら、お客さんも来てくれはるわ」

太平はいくたびも同じことを言った。

「初めはどないしょうかと思たんやけど」

と、おさや。

「お父はんが夢見た千軒はともかくとして、二軒目はいけそうな按配になってきたわ」

次平が兄に言った。

「婿はんも来るしな。万々歳や」

太平は白い歯を見せた。

「荒波越えて、江戸へやってきた甲斐があったね」

松木同心が言った。

「へい、町方はんには世話になりました」

太平は深々と頭を下げた。

和泉屋と東都屋の件については、かわら版も大坂に届けられていたが、改めて与力と同心の口からあらましが告げられていた。太平はときどき相槌《あいづち》を打ちながら、感じ入った様子で聞いていた。

「おまえは福猫かもしれんな。たんとお食べ」

おさやはそう言ってきちに猫まんまを出した。茶白の縞のある猫がすぐさまはぐはぐと食べはじめる。

「あとはお父はんをつれてきたら、福猫にしたる。もっとええもん食わしたるで」

次平が言った。

猫がえさ皿から顔を上げ、「わかったにゃ」とばかりにぺろりと舌を出す。なには屋におのずと和気が漂《ただよ》った。

「さて、おまえさん、ここらで」

おすがが三味線を手に取った。

「では、祝言の前の小手調べということで」

冬扇が座り直す。

「おう、甚句か、いいな」

垣添与力が猪口を置いた。

「八丁堀の名物だから」

松木同心が太平に言った。

一つ息を整えてから、冬扇は自慢の美声を響かせはじめた。

着いた着いたよ　荒波越えて

はるばる江戸へ　弁才船
親の思いと　兄者《あにじゃ》の思い
おのおの乗せて　なには屋へ

「えっ、ほい……」
合いの手を入れながら、おすがが三味線を弾く。
与力も同心も、なには屋の面々も、ひざや腰をたたいて調子を合わせる。

吹いた吹いたよ　神風吹いた
優し婿さん　つれてきた

あとは吉兵衛　戻ってくれば
盆と正月　福来《きた》る……

「お粗末さまで」

冬扇はさらりと切り上げて頭を下げた。

とてしゃん、とおすがの三味線が鳴る。

「おおきに」

次平がいくらか目をうるませて頭を下げた。

「福が来るとええね」

おさやが言う。

「来るで。お父はんも帰ってくる。手がかりはあったんやから」

最後に、長兄の太平が言った。

「ひとたび追い風が吹いたら、続けざまにいいことが起きる。火付けを引っ捕らえてから、風向きが変わったんだ。それに乗って行きな」

垣添与力がそう言って励ました。

「へい、行きまっせ」

と、次平。

「力を合わせてやりましょ」

おさやが笑みを浮かべる。

「兄妹がそろったんやからな」

太平が身ぶりをまじえた。

「わても気ィ入れて料理をつくりますさかい」

新吉も和した。

「よっしゃ、船出や」

「おう」

こぶしが突き出された。

なにには屋の面々の目には、たしかな光が宿っていた。

[参考文献一覧]

石井謙治『和船Ⅰ』(法政大学出版局)
船の科学館編『菱垣廻船／樽廻船』(船の科学館)
柚木学編『日本水上交通史論集第四巻　江戸・上方間の水上交通史』(文献出版)
『菱垣廻船を通してみるなにわの昨日・今日・明日』(関西造船協会)
『復元された菱垣廻船「浪華丸」』(大阪市港湾局)
藤田卯三郎『西宮と樽廻船』(私家版)
笹井良隆編『大阪食文化大全』(西日本出版社)
石毛直道『上方食談』(小学館)
野﨑洋光『和のおかず決定版』(世界文化社)
志の島忠『割烹選書　四季の一品料理』(婦人画報社)
畑耕一郎『プロのためのわかりやすい日本料理』(柴田書店)
土井勝『日本のおかず五〇〇選』(テレビ朝日事業局出版部)
田中博敏『お通し前菜便利集』(柴田書店)

『一流料理長の和食宝典』（世界文化社）
金田禎之『江戸前のさかな』（成山堂書店）
『復元・江戸情報地図』（朝日新聞社）
斎藤月岑著、今井金吾校訂『定本武江年表』（ちくま学芸文庫）
牧村史陽編『大阪ことば事典』（講談社学術文庫）
氏家幹人『古文書に見る江戸犯罪考』（祥伝社新書）
山本純美『江戸の火事と火消』（河出書房新社）
ウェブサイト「愛知県の博物館」
ホームページ「株式会社なにわ食品」

倉阪鬼一郎　時代小説　著作リスト

	作品名	出版社名	出版年月	判型	備考
1	『影斬り　火盗改香坂主税』	双葉社	○八年十二月	双葉文庫	
2	『深川まぼろし往来　素浪人鷲尾直十郎夢想剣』	光文社	○九年五月	光文社文庫	
3	『風斬り　火盗改香坂主税』	双葉社	○九年九月	双葉文庫	
4	『花斬り　火盗改香坂主税』	双葉社	一○年九月	双葉文庫	

5	『人生の一椀　小料理のどか屋人情帖　1』	二見書房	一〇年十一月	二見時代小説文庫	
6	『江戸迷宮　異形コレクション　47』	光文社	一一年一月	光文社文庫	※アンソロジー
7	『倖せの一膳　小料理のどか屋人情帖　2』	二見書房	一一年三月	二見時代小説文庫	
8	『結び豆腐　小料理のどか屋人情帖　3』	二見書房	一一年七月	二見時代小説文庫	
9	『手毬寿司　小料理のどか屋人情帖　4』	二見書房	一一年十一月	二見時代小説文庫	
10	『黒州裁き　裏町奉行闇仕置』	ベストセラーズ	一二年三月	ベスト時代文庫	

11	『雪花菜飯　小料理のどか屋人情帖 5』	二見書房	一二年三月	二見時代小説文庫
12	『面影汁　小料理のどか屋人情帖 6』	二見書房	一二年八月	二見時代小説文庫
13	『大名斬り　裏町奉行闇仕置』	ベストセラーズ	一二年八月	ベスト時代文庫
14	『あられ雪　人情処深川やぶ浪』	光文社	一二年十一月	光文社文庫
15	『命のたれ　小料理のどか屋人情帖 7』	二見書房	一二年十二月	二見時代小説文庫
16	『若さま包丁人情駒』	徳間書店	一三年二月	徳間文庫

17	『おかめ晴れ　人情処深川やぶ浪』	光文社	一三年五月	光文社文庫	
18	『夢のれん　小料理のどか屋人情帖　8』	二見書房	一三年五月	二見時代小説文庫	
19	『飛車角侍　若さま包丁人情駒』	徳間書店	一三年八月	徳間文庫	
20	『味の船　小料理のどか屋人情帖　9』	二見書房	一三年十月	二見時代小説文庫	
21	『きつね日和　人情処深川やぶ浪』	光文社	一三年十一月	光文社文庫	
22	『大江戸「町」物語』	宝島社	一三年十二月	宝島社文庫	※アンソロジー

23	『海山の幸　品川人情串一本差し』	KADOKAWA	一三年十二月	角川文庫	
24	『街道の味　品川人情串一本差し　2』	KADOKAWA	一四年二月	角川文庫	
25	『希望粥　小料理のどか屋人情帖　10』	二見書房	一四年三月	二見時代小説文庫	
26	『大勝負　若さま包丁人情駒』	徳間書店	一四年四月	徳間文庫	
27	『宿場魂　品川人情串一本差し　3』	KADOKAWA	一四年四月	角川文庫	
28	『一本うどん　八丁堀浪人江戸百景』	宝島社	一四年五月	宝島社文庫	

29	『大江戸「町」物語　月』	宝島社	一四年六月	宝島社文庫	※アンソロジー
30	『開運せいろ　人情処深川やぶ浪』	光文社	一四年六月	光文社文庫	
31	『心あかり　小料理のどか屋人情帖　11』	二見書房	一四年七月	二見時代小説文庫	
32	『大江戸「町」物語　光』	宝島社	一四年十月	宝島社文庫	※アンソロジー
33	『闇成敗　若さま天狗仕置き』	徳間書店	一四年十月	徳間文庫	
34	『名代一本うどん　よろづお助け』	宝島社	一四年十一月	宝島社文庫	

35	『江戸は負けず　小料理のどか屋人情帖　12』	二見書房	一四年十一月	二見時代小説文庫
36	『出世おろし　人情処深川やぶ浪』	光文社	一四年十二月	光文社文庫
37	『迷い人　品川しみづや影絵巻』	KADOKAWA	一五年二月	角川文庫
38	『ほっこり宿　小料理のどか屋人情帖　13』	二見書房	一五年二月	二見時代小説文庫
39	『笑う七福神　大江戸隠密おもかげ堂』	実業之日本社	一五年四月	実業之日本社文庫
40	『世直し人　品川しみづや影絵巻』	KADOKAWA	一五年五月	角川文庫

41	『もどりびと　桜村人情歳時記』	宝島社	一五年五月	宝島社文庫	
42	『江戸前祝い膳　小料理のどか屋人情帖　14』	二見書房	一五年六月	二見時代小説文庫	
43	『狐退治　若さま闇仕置き』	徳間書店	一五年八月	徳間文庫	
44	『ようこそ夢屋へ　南蛮おたね夢料理』	光文社	一五年十月	光文社文庫	
45	『ここで生きる　小料理のどか屋人情帖　15』	二見書房	一五年十月	二見時代小説文庫	
46	『あまから春秋　若さま影成敗』	徳間書店	一五年十二月	徳間文庫	

47	『天保つむぎ糸　小料理のどか屋人情帖16』	二見書房	一六年二月	二見時代小説文庫
48	『まぼろしのコロッケ　南蛮おたね夢料理（二）』	光文社	一六年三月	光文社文庫
49	『からくり成敗　大江戸隠密おもかげ堂』	実業之日本社	一六年四月	実業之日本社文庫
50	『人情の味　本所松竹梅さばき帖』	コスミック出版	一六年五月	コスミック・時代文庫
51	『包丁人八州廻り』	宝島社	一六年六月	宝島社文庫
52	『ほまれの指　小料理のどか屋人情帖17』	二見書房	一六年六月	二見時代小説文庫

53	『大江戸秘脚便』	講談社	一六年七月	講談社文庫	
54	『母恋わんたん 南蛮おたね夢料理（三）』	光文社	一六年八月	光文社時代小説文庫	
55	『国盗り慕情 若さま大転身』	徳間書店	一六年十月	徳間時代小説文庫	
56	『走れ、千吉 小料理のどか屋人情帖 18』	二見書房	一六年十一月	二見時代小説文庫	
57	『娘飛脚を救え 大江戸秘脚便』	講談社	一六年十二月	講談社文庫	
58	『花たまご情話 南蛮おたね夢料理（四）』	光文社	一七年一月	光文社時代小説文庫	

59	『京なさけ　小料理のどか屋人情帖　19』	二見書房	一七年二月	二見時代小説文庫	
60	『料理まんだら　大江戸隠密おもかげ堂』	実業之日本社	一七年四月	実業之日本社文庫	
61	『開運十社巡り　大江戸秘脚便』	講談社	一七年五月	講談社文庫	
62	『上州すき焼き鍋の秘密　関八州料理帖』	宝島社	一七年五月	宝島社文庫	
63	『からくり亭の推し理』	幻冬舎	一七年六月	幻冬舎時代小説文庫	
64	『きずな酒　小料理のどか屋人情帖　20』	二見書房	一七年六月	二見時代小説文庫	

65	『桑の実が熟れる頃　南蛮おたね夢料理（五）』	光文社	一七年七月	光文社時代小説文庫	
66	『諸国を駆けろ　若さま大団円』	徳間書店	一七年八月	徳間時代小説文庫	
67	『聖剣裁き　浅草三十八文見世裏帳簿』	コスミック出版	一七年九月	コスミック・時代文庫	
68	『あっぱれ街道　小料理のどか屋人情帖21』	二見書房	一七年十月	二見時代小説文庫	
69	『廻船料理なには屋　帆を上げて』	徳間書店	一七年十二月	徳間時代小説文庫	
70	『ふたたびの光　南蛮おたね夢料理（六）』	光文社	一八年一月	光文社時代小説文庫	

71	『決戦、武甲山　大江戸秘脚便』	講談社	一八年一月	講談社文庫	
72	『生きる人　品川しみづや影絵巻　完結篇』		一八年一月	DL Market	*電子書籍
73	『江戸ねこ日和　小料理のどか屋人情帖　22』	二見書房	一八年二月	二見時代小説文庫	
74	『悪大名裁き　鬼神観音闇成敗』	コスミック出版	一八年三月	コスミック・時代文庫	
75	『廻船料理なには屋　荒波越えて』	徳間書店	一八年五月	徳間時代小説文庫	※本作

この作品は徳間文庫のために書下されました。

徳間文庫

廻船料理なには屋
荒《あら》波《なみ》越《こ》えて

2018年5月15日 初刷

著者 倉《くら》阪《さか》鬼《き》一《いち》郎《ろう》

発行者 平野健一

発行所 東京都品川区上大崎三−一−一
目黒セントラルスクエア 〒141−8202
株式会社 徳間書店

電話 編集〇三(五四〇三)四三四九
販売〇四八(四五一)五九六〇

振替 〇〇一四〇−〇−四四三九二

印刷 本郷印刷株式会社

製本 東京美術紙工協業組合

ISBN978-4-19-894349-3 (乱丁、落丁本はお取りかえいたします)

徳間文庫の好評既刊

倉阪鬼一郎

若さま大転身

国盗り慕情

書下し

白山《はくさん》から谷中《やなか》に通じる団子坂《だんござか》にある「あまから屋」。昼は旬の食材を使った日替わり膳、夜は酒と肴を出す飯屋だが、中休みが終わると座敷に衝立《ついたて》が入り、甘味処としても繁盛している。主人で料理人の飛川角之進《とびかわかくのしん》と町娘のおみつは仲睦《なかむつ》まじく、子どもを授かったばかり。その矢先、角之進が実は将軍家斉《いえなり》の御落胤《ごらくいん》であることを知る見世の近くの小藩の家老から、とんでもない頼まれごとが舞い込んだ。